信長の昇天

——異聞・本能寺の変

石垣善朗

Yoshiaki Ishigaki

文芸社

信長の昇天　目次

信長の昇天——異聞・本能寺の変

一、安土城、その天主にて

岸辺の睡蓮《すいれん》が、白く清楚な花びらを閉じゆく夕刻、澄み渡った琵琶湖の水面《みなも》へ向けて、ゆるゆると初夏の陽《ひ》は落ちようとしていた。

天正七年（一五七九年）、早月《さつき》は十一日のことである。ようやく落成した安土《あづち》城天主（天守閣）を今後の居所と定めた彼は、その天主の頂きより望む琵琶湖の夕映えに、珍しくも満悦の体《てい》であった。

――まんざら、悪くはない眺めだ……と。

彼の名を、織田信長という。

鋭い眼光にして長身痩躯《そうく》、やや面《おも》長で、秀でた鼻梁、色白の顔だちのその口もとには、公家風の薄い八の字髭がたくわえられていた。

「ときに、蘭丸《らんまる》（乱丸）」

と、信長は、かたわらに侍《はべ》る、小姓頭《がしら》の森蘭丸に語りかけた。

信長は四十六歳――自身の生誕したこの日、やがて本能寺で斃《たお》れるまでには、なお三年ばかりの歳月を残すこの日に、彼は、特別な意味を含み込めていた。

「この、西空の彼方には、何がある？」

「は？」

蘭丸は、唐突なその問いの意味するところを測りかね、しばし西空へ向けて眼をやった。

細い横雲を染めた夕陽が、茜《あかね》がかって、心もち大きく見える。

「西空の彼方と、仰せられまするか」

「そうじゃ」

信長は、人の意表を衝《つ》くこうした謎かけを、悪戯《いたずら》ごと同様に好むのであった。

「わからぬか？」

「ははあ」

「さては、極楽浄土と言うか？」

「これは」

にやりと笑う信長に、苦笑しつつ、蘭丸は応じた。

「畏《おそ》れながら……上様におかれては、お人がお悪うござりまする」

それというのも、いま、信長が当面の敵としている者どもこそ、西方遥か彼方にあるという、その極楽浄土を信仰する、一向《いっこう》宗徒たちにほかならなかったからである。

蘭丸の当惑などにはかまうことなく、信長は畳みかけた。

「なれば、南蛮人のいう天国《ハライソ》か？」

「左様のものが、在りはせぬとは、上様がかねて、伴天連《バテレン》（キリスト教宣教師）らに向け仰せのところにござりますれば……」

「いや、存外に、わかりはせぬぞ」

と、そこで信長は、蘭丸には思わぬ言葉を口にした。

「なれど、伴天連どもには、そう言い切っておかねばならぬのだ。あの者どもは、おのれらの信心のみを義として、その余は、何事であれ認めようとはせぬからの」

そうして……

ふっと大きく息を吐くと、少しく間をおいて続けた。

「命儚《はかな》き衆生《しゅじょう》にあれば、あの世とやらは、見果てぬ夢であるやも知れぬ。……酒を呑むなと言わぬがごとく、夢を見るなとまでも、わしは言いはせぬ」

——はて？

どうした風の吹き回しか、と蘭丸は訝《いぶか》ったものの、冗談めかして極楽浄土や天国《ハライソ》などをもちだした信長からは、彼が上々の機嫌であることも読みとれた。

蘭丸は十五歳、父親譲りの武勇と、並はずれた機転に加えた美貌のゆえに、小姓として仕えた当初より、信長の寵愛をもっぱらにしていた。

……信長が、新たに拠点を移した琵琶湖東畔《とうはん》の地は、京にもほど近く、東山道《とうさんどう》と北陸道が合する地点を扼《やく》する要衝である。彼はこの地を「安土《あづち》」（滋賀県安土町）と名づけ、数年前より、巨大な城と城下町との建設に取りかかった。

その、安土城の造りといえば、およそ従前の通念を覆《くつがえ》し去って、なおも余りがあろう。とりわけ、天主なる、戦闘には無用の建造物を本格的に築いた城は、日本史上でこの安土城を嚆矢《こうし》とする。

それ以前の城とは普通、急峻な地形の頂上や山腹に作られた砦、つまりは山城《やまじろ》であった。対して、平地にあり、堀と石垣で防備されて、その内の小高い丘に天守閣を聳《そび》え立たせた、いわゆる城とは、平城《ひらじろ》をさす。平城は、天下が統一へと向かい、世が安定してきた時点で、領主の力と権威を城下の民に誇示するため出現してきたものである。

さて安土城は、山城が平城へと移行する過渡期にあって、平山城《ひらやまじろ》という特異な形態をとっていた。すなわち、

琵琶湖の汀《みぎわ》に、裾野の三方を湖水が浸して、水運も良く、防備にも適した地形の山がある。その山の斜面の随所が、号令一下、遠近《おちこち》より陸続《りくぞく》と運ばれてくる数も知れぬ大振りな石また石で、まさに埋め尽くされていったのだ。

膨大な量の石材を確保するため、道端の石地蔵など、片端から容赦なく頭や腹を断ち割られ、無造作に、石組みへ埋め込まれてゆく始末となった。かくして安土城は、ひとかどの山の全体が丸ごとに、石垣と石段で堅牢に鎧《よろ》われ尽くした城郭として、並びなき偉容を湖のほとりに顕《あら》わした。

それは、そのことのみでも存分に人々の度肝を抜いたが、城の頂きにひときわ高く屹立《きつりつ》する、華麗にも奇天烈《きてれつ》な天主の様にいたっては……おおかたの者が、ただただ、あっけにとられるばかりであった。

城下より見上げる天主の外観は、五層の屋根を戴《いただ》いている。そのうち、堅固な石垣の上にどっしりと座った下《しも》の二層と、入母屋《いりもや》式の三層目はこの国風《くにふう》で、まだしも合点《がてん》のゆかぬものではない。

だが、それら重厚な三層の上に、まるで、にょきりと生《は》え出たかに見える、あの四層目は何だというか。八面の白壁を区切る、朱塗りの柱も鮮やかなその階層の造りといえば、つまりは、仏教伽藍《がらん》でいうところの八角堂そのものであろう。

城の天主の頂き近くに、何ゆえ、あのような仏堂めかした代物《しろもの》があらねばならぬのか、家臣らですら大いに首を捻《ひね》ったが、捻るべき首を誰しも失いたくはなく、あえて口に出すほどの者はいなかった。

しかしながら、驚き入るにはまだ早いのだ。

八角堂のさらに上層には、正しく方形をなした楼閣が、甍《いらか》の上に一双の鯱《しゃち》瓦を躍らせ、蒼穹《そうきゅう》に向けて端然とそそり立っていた。

その鯱の瓦が、いやさ、楼閣の全体が、見上げるところ壁面といわず庇《ひさし》といわず、金色《こんじき》も眩《まばゆ》いばかりに荘厳《しょうごん》されているではないか。

天高く、忽然《こつぜん》と安土の空に出現した、不可思議な堂と、高殿と……

そこは、滅多な者が立ち入りを許されぬ別殿であり、そして、黄金の楼閣の四囲に張り出た回廊こそは、夕陽を愛《め》でつつ、信長が蘭丸に謎を仕掛けた場であった。

＊　＊　＊

さて……天主が竣工したその日、信長は、早朝より城内の仮御殿を引き払い、午前《ひる》までには天主への移徙《わたまし》（引越）をあらかた終えた。

ひと時あって、重臣の歴々に主だった家臣の面々、また馬廻《うままわり》衆や母衣《ほろ》衆と呼ばれる側近たちが、慶賀のため続々と本丸まわりに参集した。

天主を抱く本丸の内へは、厳《いか》めしい黒金《くろがね》門をくぐって入る。

控えの間《ま》に到ると家臣らは、この日を期して信長がわざわざ下したという、奇妙な命令を小姓たちより伝達された。――今後、信長への目通りを許されるに際しては、彼の眼前で、何やら、ある物品を拝まねばならぬ、と。

その意味が腑《ふ》に落ちぬまま、家臣らは身分の順に案内されて、おのおのが、天主下層に設けられた信長の御座所《ござしょ》（接見用の座敷）へ伺候した。

こうした儀式を執り終えてのち、ひとり天主別殿に籠もった信長が、夕刻も近づくほどに、参るがよいと名指しした者が蘭丸であった。

……信長に導かれるまま、頑丈な扉の奥から、階段《きざはし》を経て、初めて眼にした八角堂内部の様は、蘭丸をいくぶん戸惑わせた。

外縁《そとべり》の廊下を飾る、火焔さかまく地獄絵や、今しも雲を呼ばんとするかの、龍の図柄のゆえではない。それら一連の画が、戦国乱麻《らんま》の世相とそこに出現した風雲児、ほかならぬ信長自身の暗喩《あんゆ》と見るのは容易であろう。

ただ、そのように、分かりやすくは終わらせぬのが信長なのだ。

堂内には、打って変わった、巨大な釈迦の説法図……それが、金泥《こんでい》と極彩色の絵の具で描かれていて、はたと蘭丸は思案した。

――上様は、そもそも、かように抹香《まっこう》臭きものがお嫌いなのではなかったか？

すると、そんな思いを見透かしたかに、

「ここを、『仏の間《ま》』と称す。すなわち、天竺《てんじく》（インド）ぞ。だが、わしの座は、この間《ま》にあらず。参れ」

そう言って信長は、おもむろに、勾欄《こうらん》と擬宝珠《ぎぼし》で飾られた朱塗りの階段《きざはし》を昇り、いよいよ最上階、黄金の楼閣の内へと蘭丸を導き入れた。

信長の、意外に質素な平生の暮らしぶりを、身近に仕えて蘭丸はよく承知する。反面で、おのれの威厳を示そう時には、これでもかとばかり贅《ぜい》を尽くすのが、これまた信長の流儀であるということも。

その蘭丸が、眼を瞠《みは》った。――かの楼閣の、外壁の金尽《ず》くめなれば、かねて噂の的であったが、内壁の全面もまた燦然《さんぜん》たること、いささかも外に劣らぬとは。

東西南北に面した楼閣の、正面にあたる、南の扉は開かれていた。

部屋の四壁には、蘭丸には誰とも知れぬ人物たち、実は神農《しんのう》、黄帝《こうてい》、老子、孔子といった、錚々《そうそう》たる唐土《もろこし》の偉人先哲たちが、背景をこれまた黄金に、さまざまな意匠を凝らして描かれていた。

正面の扉より、回廊へと進み出た信長に付き従うと、眼下に広がる城下安土の町並みが一望のもとに見渡せる。他方、視線を下方に落とすと、今更ながらこの天主の、目眩《くるめ》くばかりの高さに蘭丸は息を飲んだ。

＊　＊　＊

ところで……天下一統へは、かなり見通しもついたといってよかろう。

信長が、もっとも警戒すべき相手と見なしていた武田信玄《しんげん》と上杉謙信《けんしん》は、自らが病いを発して、すでに世を去っていた。

無論、いまだ東国や北国、また西国には、数多《あまた》の大名どもが蠢《うごめ》いてはいる。とはいえ、京や畿内《きない》（近畿中枢部）ほか、枢要の地はほぼ信長が押さえるにいたって、天下の形勢は、もはや揺るがしがたかろう。あとは、機を捉《とら》えて大名らには恫喝《どうかつ》を加え、従わぬとあらば、武威をもって追い詰めてゆくまでのことである。

だが、その前に、さしあたり片づけておかねばならぬ目障りな敵が、まだ鼻先に控えていた。摂津の石山《いしやま》（大阪市）という間近にあって、なおも抵抗を続けている、浄土真宗《じょうどしんしゅう》の総本山、すなわち本願寺《ほんがんじ》である。

戦国の世に、浄土真宗は一向宗《いっこう》とも呼ばれ、これを奉じる土豪や農民の起こす一向一揆は、各地で猛威を振るっていた。殉教した者は、必ずや極楽浄土への往生が叶うと信じる門徒らは、死をも厭《いと》わぬ戦いぶりで、戦国大名をも散々に手こずらせた。

そして、門徒たちより、異様なまでの崇敬を集めているのが、本願寺の法主《ほっす》を務める、顕如《けんにょ》という名の僧であった。

その顕如が、信長を法敵と断じ、全国の門徒に一斉蜂起の檄を飛ばしたのは、もう九年も前のこととなる。ここに、いわゆる石山合戦が勃発し、余波を受けて信長は二人の弟を、蘭丸は父を失った。

堅固な守りを誇る本願寺は、安芸《あき》（広島県）の毛利氏とも結び、天下一統を遅らせてきたが、それとて今や、信長の勝利は動かしがたかろう。

ましてこのたびは、新たなる拠点として、巨大な安土城までが完成した。その、天主の頂きで、回廊を西側へ廻った信長と蘭丸は、広々とした琵琶湖の湖水と、傾きゆく夕陽を眼にしていたのである。


……蘭丸はそこで、先ほどの、信長の問いに思い当たった。

「西空の彼方とは、上様におかれては、もしや、石山を思われてござりましょうか？」

「然《しか》、あらず」

と、しかし、信長は否定した。

実のところ、この壮大な安土城といえども、信長に大きな不満がひとつある。なるほど、琵琶湖により都との往還には利便があっても、安土では所詮、大海へと繫《つな》がり得ぬがゆえにである。信長が、瀬戸内を経て西国を経略するため、真に欲した土地は、石山であった。

だが、そこに蟠踞《ばんきょ》する本願寺が、彼の願望を阻んできた。

信長は顕如に、石山の地からの退去を迫ったが、これに対する顕如の応《こた》えが、戦国時代においても、ひときわ凄惨をきわめた石山合戦なのであった。

さて、信長は、なおも蘭丸に謎をかけた。

「石山の、さらに西には何がある？」

「では、安芸や筑紫《つくし》（九州）にござりましょうか？」

「然《しか》、あらず」

その石山合戦も峠を越した今、信長は、いずれ遠からぬうちに本願寺を降《くだ》して、安土を凌《しの》ぐ巨大な城と城下町とを石山の地に築くつもりでいた。さすれば、安芸も筑紫も、ひと呑みであろう。

しかるに……信長の求める回答は、然《さ》にあらずといい、しばし窮する蘭丸に、またも、にやりと笑うと信長は謎解きをした。

「わからぬか。そちにしては、察しが悪いの。筑紫の、さらに西には何がある？」

「ははあ、なれば…」

「察したか。天下というは、天《あめ》が下と書く。ふむ……筑紫の彼方には、高麗《こま》がある。さらには、唐土《もろこし》があり、天竺《てんじく》がある。聞けば南蛮は、天竺の、なおも西だというではないか」

「はは」

「しかして、南蛮人は、天下の、そこかしこを掠《かす》め取りておる」

信長は、語気を強めた。

「あやつらが、この日の本をも、隙あらばと窺《うかが》いおるは必定《ひつじょう》なのじゃ」

「はは」

「なれど、蘭丸。この、わしの眼の黒いうちには、南蛮人どもの、恣意《ほしいがまま》にさせはせぬ」

「御意《ぎょい》」

――蘭丸は、すでに天下一統の、その先までをも見据える信長に驚いたのだが、そのうえで、この、常人を離れた彼の主君は、何を言わんとしているのか？


「なれば、もうよい。こちらへ参れ」

と、回廊をたどって信長は、蘭丸を、次には天主の東の側へ導いた。そこからは、天主の脇に建つ本丸御殿の、檜皮《ひわだ》の屋根が見おろせる。

あたかも、天主に寄り添うかにしてたたずむその御殿を示し、信長は言った。

「ここへは、いずれ御帝《みかど》（天皇）をお招きする」

「はは？　御帝をで、ござりまするか」

「そうじゃ。今はまだ、東宮《とうぐう》（皇太子）にあられるがの」

東宮とは、正親町《おおぎまち》天皇の長子、誠仁《さねひと》親王を指している。正親町天皇はすでに六十三歳、信長は、早期の譲位を望んでいた。

「では、東宮が御帝となられたおり、この御殿へお出まし願うのでござりましょうか？」

「いや、お望みとあらば、ここにお留まりいただくも、よし」

「と、仰せられまするると……」

「ふむ。わしが、御帝をお養い申すのだ」

そう、こともなげに信長は言った。

またしても驚愕した蘭丸は、この安土城正面の大手門から、ほぼ一直線に天主めざして伸びてくる広い石段、すなわち大手道《おおてみち》の持つ意味が、ようよう合点《がてん》できたのだ。あれほどの立派な造り、さてこそは、御帝をお招きするための道であったか。

だが同時に、ふと蘭丸は彼らが今、天主より、その御帝の御殿なるものを、遥か足下《あしもと》に見おろしていることにも気づいたのであった。


さて、再び楼閣の内に戻ると、信長は、部屋の上手《かみて》、二畳の畳へ錦を敷いた座に胡座《あぐら》し、面前に端座した蘭丸に四囲の壁面を見やらせた。

「蘭丸、この壁に描かれおる者どもを、何と見る?」

「畏れながら……蘭丸には、測りかねるところにござりまする」

「ふむ。この者らは、唐土《もろこし》の賢人どもじゃ」

——ああ、そうであったか。

と、蘭丸は、膝を打つ思いがした。彼とて無学ではなく、そのように解《げ》を聞けば、およそのところは察しがつく。

「さすれば、孔孟や老荘にござりまするか」

「そうじゃ。ほかに、三皇五帝と称さるる者らもおりて、ここを『天主の間《ま》』と名づく。しかして、今日よりわしは、これら異国古《いにしえ》の賢人どもを供《とも》とする」

「はは。……御普請の内外《うちそと》、まこと、御結構の次第にて、はなはだ、肝も潰れんばかりにござりまする」

畏《かしこ》まって平伏する蘭丸に、信長は続けた。

「苦しゅうない、面《おもて》を上げよ」

そう命じると、独《ひと》りごちるかのごとく語り始めたのであった。

「蘭丸、わしは若きおり、不可思議の夢を見た。ふむ……夢のうちにて、眩《まば》ゆきほどの、光の文字《もんじ》が見えたのじゃ。そこにはの、『天下布武《ふぶ》』と、ありおった」

「はは」

「あれは……夢であったか、はたまた、現《うつ》つであったろうか」

頭《かぶり》を、やや傾けつつ、信長は続けた。

「若きおりにて、文字《もんじ》の意などは、わからなんだ。が、今にして、おのれの往《ゆ》くべき途《みち》が示されていたやと思うにつけても……妙《みょう》なることよ」

「はは」

「長らく、左様の夢など忘れおりたが……詰まるところ、まさしく天下布武こそは、わしの天命となりおった」

「はは」

「ためには……幾多の修羅場をくぐり、地獄を見た」

「はは」

と、蘭丸は、またも平伏した。淡々とした信長の口調は、かえって蘭丸に、彼の主君が背負ってきた過去の、凄みを感じさせたのだ。

「されば蘭丸、面を上げよ」

促されて蘭丸は、再び、信長の鋭い視線と向き合った。

「蘭丸よ。御帝《みかど》なれば、公方《くぼう》（将軍）なれば、この国が救えるというか？　かく浅ましき乱れ世に、公方が、武者どもを、また、世の民草《たみくさ》を救うたか」

「……」

「憚り、無用じゃ。言うてみよ」

「まことに、畏れ多きことながら……さらにと、存じ上げまする」

「うむ」

と、信長は、うなずいた。

「なれば、本願寺はどうじゃ。極楽浄土を、説くはかまわぬ。なれど本願寺は、人を救うと称して、人を殺《あや》めておる。いたずらに門徒どもを戦《いく》さに駆り立て、この世に地獄を招きおるではないか」

「御意」

「さては、南蛮人のいう創造主《デウス》とやらが、この世に派せし男というは、いかほど民を救うたか？　聞けば、だらしもなく捕えられ、徒《ただ》に殺されたばかりというではないか」

信長は、なおも続けた。

「聞くがよい、蘭丸。世に、静謐《せいひつ》をもたらさんには、強力《ごうりき》によるほかはないのだ。

聞くがよい、蘭丸。

余《よ》は、天の意を呈す。この日、余が生誕のこの日をもって、日の本の長き擾乱《じょうらん》を終わらしむべく、はたまた、異国の神仏と渡りあうべく、地上の主《あるじ》、すなわち天主たらんとす」

——蘭丸は、戦慄を覚えた。

そう言えば、思い当たったふしがある。今日、主だった家臣に御座所《ござしょ》での接見を許した信長は、「盆山《ぼんさん》」とか称する、奇妙な形をした一尺ばかりの石を示し、これを自身の依代《よりしろ》（神の降臨の場）として、信長不在のおりにも抜かりなく崇《あが》めよと、小姓らに伝えせしめていたのである。

では……

御帝の御殿を眼下に見おろし、『仏の間《ま》』なるものを階下に据え、唐土《もろこし》の賢人を従えたこの『天主の間《ま》』で、彼の主君は、自らの座するその場を、まさしく玉座になさんとしているのか？

「しかして……」

と、またも平伏する蘭丸に、信長は結んだのであった。

「我が意を妨げんとする者どもには、いかなる天魔とも、羅刹《らせつ》とも、なるであろう」

二、若き日の信長

信長の織田家が、戦国大名として頭角を現わしたのは、彼の父、織田信秀《のぶひで》の代であった。とはいえ、当時の織田家はなお、尾張（愛知県西部）の一部を領する、ありふれた大名のひとつというに留まっていた。

戦国の世、室町幕府の衰退に乗じて各地に割拠したのが、地侍《じざむらい》とも呼ばれる土豪たちである。彼らは、互いに争い、離合を繰り返す一方で、旧来の権門勢家が支配する土地をもしきりに蚕食《さんしょく》した。

戦国大名とは、これら服背《ふくはい》常なき土豪どもを糾合《きゅうごう》し、その地域一帯に覇を唱え得た者をいう。当然ながら、出自より能力が問われ、織田信秀にしても元をただせば、尾張の名門斯波《しば》氏の、たんなる陪臣の一人というに過ぎなかった。

信長の母は、近隣の土豪、土田氏より信秀の正室《せいしつ》（正妻）に迎えられ、土田御前《ごぜん》と称された。信長はその長男で、正室を母としたところから、異母の兄を差しおき、信秀の嫡《ちゃく》男《なん》と目された。

しかし、父の戦略の都合上、生後まもなく、乳母や傅役《もり》に養育を託されて那古屋《なごや》城に置かれ、父や母は別の城へ移った。ために、吉法師《きっぽうし》と呼ばれた幼少期以来、彼が両親と親しむことは稀であった。

いや、度はずれて癇癖《かんぺき》が強く、好悪の情の激しかったこの子供は、およそ、大人たちに懐《なつ》く素振りを見せなかった。
ただ一人、乳母を務めた、池田という土豪の夫人を除いては。……

＊　＊　＊

さて、吉法師が六歳を迎えた春先のこと、突然の高熱で、いっとき生死の縁《ふち》を彷徨《さまよ》ったおり、彼は奇妙な夢を見た。それが、信長の生涯の節目に幾たびか訪れた、一連の夢の始まりとなるのだが、吉法師の見たその夢とは……

清流の畔《ほとり》の広々とした野辺に、一人で彼はたたずんでいた。地には、蓮華草《れんげ》ほか、名も知らぬとりどりの草花、所々の木々にもまた、爛漫《らんまん》の花が開いていた。桃があり、桜があり、木蓮《もくれん》あり、山吹あり、かと思えば、早咲きの深紅の躑躅《つつじ》もあったろうか、城に咲く草木を指して、乳母が教えてくれたものである。吉法師は、あたりを駆けずり、あるいは花々に見とれ、一人遊んで倦《う》むこともなかった。

頭上より降り注ぐ燦々《さんさん》とした春の陽《ひ》ざしに、ふと彼が、空へ向け、翔《と》び立って行きたい思いに駆られた時だ。

「待たぬか！」と、不意に、背後で声がした。

いつの間に忍び寄ったか、そこには一人の男児が立っていて、振り向いた吉法師が、

「やや？」

と、当惑したのも無理なかろう。男児の姿容貌《かたち》といえば、顔も身形《みなり》も自分自身と瓜二つ、まさに生き写しであったからなのだ。

「誰ぞ？　そちは」

思わず問いかけた吉法師に、さらに、驚きの応《こた》えを相手は返してきた。

「誰でもないわ。わしなれば、そちよ。吉法師ぞ」

……吉法師は、重ねて、まじまじと、その不思議な男児を見つめてみた。

「異《い》な奴よな。わしは、そちなど、知らぬぞ」

と、そこから、奇妙な問答が始まったのだが、件《くだん》の男児が応えるに、

「常はな、そちの胸の内に住もうておるゆえ、見えぬのよ。されど、こたびは余りに酷《ひど》き熱にて、かように、外へ押し出《いだ》されてしもうたわ」

「何を、言うておる」

「わしは、そちのことなれば、何なりと判《わか》るのぞ。今、宙を翔《か》けたしと思うたな」

「思うたが、どうかしたか」

「それゆえにな、いまだ早しと、止めたのよ」

「早し、とな？　何がぞ」

「宙へ昇らば、戻れぬのぞ」

「……？」

「なれど、熱も、ほどよく冷めたと見える。されば、戻ろうぞ」

「どこへ、戻るというか？　まこと、異《い》な奴よな。……そちの知ったることか。わしは、宙を翔《か》けたいのぞ」

そして、吉法師が、「よし、翔《と》ぶ」と心に決めたその刹那、「やめぬか！」と叫ぶや、男児の姿は掻き消えた。

あとは、見渡す野辺に人影もなく、胸のあたりで声だけがした。――これ、こうしてな、そちの思うところを、わしは余さず見ておるのぞ。


かくして……しばし、狐に摘まれた体《てい》でいた吉法師は、

「若君、若君」

と、呼びかけてくる女の声で、ようよう意識を取り戻した。

気づいてみれば、声の主は、池田の乳母であった。那古屋《なごや》城の一室に寝かされた枕元には、傅役《もり》やお抱えの医師《くすし》も付き添っていて、ともあれ、彼は一命をとりとめた。

それにつけても……高熱に苦しめられた覚えが吉法師にはなく、ただ、あの夢の様が、おりにふれ鮮明に思い起こされて、

「婆《ばあ》、わしには、もう一人、わしがおるのか？」

と、彼は後日、池田の乳母に尋ねてみずにはいられなかった。だが、怪訝《けげん》げに、乳母は応えるばかりである。

「若君に、影武者でありまするか？　聞いたこともござりませぬよ」

「夢で、そやつに会《お》うたのぞ。わしの胸の内に住みおるとか、わしの思うことを見ておるとか、言いおった」

「ほほほほ、夢でござりましょう。それより婆には、若君が、もしや、お亡くなりになりはせぬかと、胸も裂けんばかりにござりましたぞ」

そう、乳母は漏《も》らしたのだが、吉法師には、彼女が心を痛めたという、そのわけの方が解《げ》せなかった。

「亡くなるとは、死ぬことや？」

「滅相もない。若君に限って、とは思うておりましたが」

「して……死なば、どうなるのぞ？　婆《ばあ》」

「神様や、仏様の世に参るのでござりまするよ」

……そんな乳母の言葉に、吉法師は、夢で見た野辺の景色を思った。——あの時、空へ

翔び立っていたらば、もしや、神様や仏様の世に行けたのであろうか……？

「なれば、よきではないか」

「よくは、ござりませぬぞ、若君。この婆にも、もはや会えませぬ」

「え？　婆に、もう会えぬのか？　なぜぞ？」

「あの世、であるゆえにござりまする。しかも、神や仏と会おうには、しかるべく身心《みごころ》を整えてのうえでのこと」

そこで乳母は、さも怯えたふうに、大仰な表情をこしらえた。

「あるいは……地獄に堕つるやもしれませぬ」

「ジゴク？　ジゴクとは何ぞ？」

「それはそれは、恐ろしき所にてござりまする」

「恐ろしき所とな。いかようにぞ？」

「さては、恐ろしゅうて、語ることも適《かな》わぬのでござりまするよ」

「ふふーん」

吉法師には、ますますもって、地獄とやらの有り様を聞きたい思いが募る一方で、ふと、疑問も湧いてくるのであった。

「して」と、彼は尋ねた「婆は、ジゴクを見てきたや？」

「見てはおりませぬが……」

池田の乳母は笑った。

「見ようには、あの世へ行かねばなりませぬゆえ」

＊　＊　＊

十五歳となった時、父信秀《のぶひで》の計らいで、信長は、北方の隣国美濃《みの》（岐阜県南部）の大名、斎藤道三《どうさん》の娘と婚約した。

それは、長年にわたり抗争を続けてきた織田家と斎藤家が、手打ちに踏み切ったことを意味する。これにより信秀は、駿河・遠江《とおとうみ》（静岡県）から東隣の三河（愛知県東部）にまで勢力を及ぼしてきた新たな脅威、すなわち、東海きっての大名、今川氏に対抗せんとしたのである。

信秀は、有能な戦国武将であるかたわら、伝統的な権威にも、応分の敬意を払っていた。落魄《らくはく》した公家を京より招き、彼らを饗応しては歌や蹴鞠《けまり》を学んだし、内裏の修営に莫大な費用を献上して、時の後奈良《ごなら》天皇より感状を賜ったこともある。

そんな信秀の気がかりといえば、世の規範などにはとんと構いもせず、長ずるに及んでますます激しくなる嫡男信長の、人並み外れた野放図《のほうず》ぶりであった。

信長は、弓鉄砲や槍刀、また水練に乗馬といった武芸の鍛錬に明け暮れて、机上の学問は好まなかった。乱暴者ばかりを供に従え、暇さえあれば彼らに命じて、実戦さながら、竹槍での模擬合戦に興じていた。

その様はといえば、胴衣《どうぎ》の両袖はちぎり、袴《はかま》は着けず、町を行けば、往来に立ったまま瓜をかぶるわ餅をかぶるわ、馬に乗ったれば逆《さか》向けに跨《また》がるわと、およそ人目を憚ろうともせぬのである。

この破天荒《はてんこう》な息子を、信秀はしばしば自らの居城に呼びつけ、叱責した。

「よいか、三郎（信長）。武辺《ぶへん》のみにて、この世は立ち行くものではないぞ」

さすがに信長も、父の前へは尋常の小袖と肩衣《かたぎぬ》をまとい、袴も帯びて参上したが、小言など聞き入れようつもりは、さらにない。

「されど父上、武辺なくして、何事が立ち行きましょうか」

「そちは、程《ほど》が過ぎておると言うのじゃ」

「それがしは、程を越すが好きなる性分にございます」

「そちの好き嫌いなど、問うてはおらぬ。物事には、よろず、頃合いというものがあると言うておる」

「頃合いにては、他人の成せぬことを、成就できませせぬ」

「ほほう」

行きがかりとはいえ、息子のこの挑戦的な言葉には、さしも器量の人と呼ばれた信秀も、そのまま聞き捨てならぬと思った。

「では、わしにできぬことが、そちならばできると言うか」

すると信長は、さも自信ありげに断言した。

「左様にございます」

「なれば、申してみよ」

「まず、槍は、長きが利ありと存じまする」

「なにゆえ、左様のことが言えるのじゃ？」

「手の者どもに、竹の槍にて、幾たびも試させてみたのでございます」

「ふん。そちが引き連れおるという、痴者《しれもの》どもか。まことの戦《いく》さは、小童《こわっぱ》どもの戯《ざ》れごと、わけが違うわ」

不興気な父に、悪びれもせず信長は続けた。

「槍もさりながら、向後の戦さには、種子島《たねがしま》（鉄砲）が肝要になるかとも」

これを聞くと、信秀は、しばし黙り込んだ。

彼自身、近年に南蛮より渡来した種子島銃の威力について、考えたことがないではない。

だが、その銃とやらは、高価なばかりか、弾《たま》込めに時を要して、騎馬武者の突進の前には、たやすく蹂躙《じゅうりん》されるであろう。

「種子島など、所詮、戦さの添え物に過ぎぬわ」

「物事には、用いようがあろうかと」

しかし、実戦の経験も乏しい息子相手に、かようの問答など愚にもつかぬと、単刀直入に信秀は吐き捨てた。

「世間では、そちの所業を、嘲《あざけ》りおるというではないか」

「世間とは、さほど、賢きものにありましょうか」

……いっこうに、口の減らぬ奴よと舌打ちをしつつも信秀は、戦国大名の世継ぎとして、そんな信長に、いっぱしの見どころを認めてはいた。しかるに母の土田御前は、この長男の粗野で乱暴な気性を毛嫌いし、品行方正な次男の信行《のぶゆき》を偏愛した。

＊　＊　＊

さて、働き盛りの織田信秀が、流行《はやり》の病いで重篤に陥ったのはその翌年、信長が十六歳を迎えた春先のことであった。

この報せに、領内の土豪らはたちまち、日和《ひより》をうかがう気配を見せた。いかな自信家の信長といえど、乱世を生き抜くに、いまだ父の死は早過ぎよう。

そんなおり、病魔祓《ばら》いの霊力を持つと称する旅の祈祷僧らの一団が、織田家の先行きに不安を募らす土田御前に取り入った。御前は大枚をはたき、信秀の平癒祈願を依頼した。

父を、その居城に見舞った信長は、たまたま、親族らと祈祷の席に同座した。

もともと彼は、新奇な事物には並々ならぬ関心を示す一方で、世の不思議、奇跡譚《たん》にも滅法の興味を寄せていて、厳《おごそ》かな修法の間、柄にもなく居住まいを正していた。

長い祈祷を終えてのち、

「御坊《ごぼう》様方、これにて助かりましょうか、お屋形《やかた》様は？」

藁《わら》にもすがる思いで尋ねた土田御前に、

「案ずるには及びませぬ」

と、僧の一人が軽く応じたその時である。控えていた信長が、やにわに膝を乗り出し、強い口調で念を押した。

「なれば御坊方は、父上が、助かるべしと仰せか？」

――信長は、たんに好事《こうず》の徒ではなかった。事の真贋《しんがん》を、執拗なまでに、追求せずんばやまじの性癖を合わせ持ち、滾《たぎ》る気迫が祈祷僧らをたじろがせた。

「御仏《みほとけ》の功徳を、信ずることでございます」

「さすれば、命が救われると仰せか？」

「病魔退散の、格別なる加持《かじ》を施しましたるゆえ…」

「さすれば、どうしたと仰せか？」

「不可思議の御力を、頼むことにてございます」

「わしは、父が、助かるや否やと聞いておるのじゃ！」

癇癪《かんしゃく》をおこした信長を、かたわらより土田御前がたしなめたのだが、鋭く詰め寄るその問いに、確たる返答を祈祷僧らは迫られた。

「案ずることなど、ござりませぬ」

「では、助かるというのだな。……しかと、二言はあるまいな」

重ねて言質《げんち》を取った信長は、なればと、自らの供廻り衆に命じて僧ら一行を拘束させ、眉をひそめる母を尻目に、那古屋《なごや》城まで連行したうえ、城内に軟禁させおいた。

だが、祈祷の甲斐もなく、信秀の病状には回復の兆しも見えずして、数日後には還《かえ》らぬ人となったのである。

この顛末《てんまつ》に、信長は、憤りを爆発させた。

彼は、前年に初陣を果たし、その後の幾たびかの戦《いく》さ場で、人の死を、すでに身近く知っていた。それは、酷《むご》たらしくもあり、余りに呆気《あっけ》なくも思えて、長く正視するには堪えがたいものだ。

——なればこそ、人は、神仏を頼むのではないか。

信長はそう断じ、捕えていた祈祷僧らに縛《いまし》めを打たせて、父の通夜と荼毘《だび》を済ますや、この不届き者らを那古屋城内の広場に引き据えた。

「かかる虚言を弄《ろう》したからには、命は無きものと思え。あとは、おのれらの御仏《みほとけ》とやらに祈るがよい」

冷たく言い放つと、言い訳や命乞いなど聞こうものかは、弓衆に命じ、一人も余さず、その場で彼らを射殺せしめたのであった。

——虚仮者《まやかし》らが……。親の一命というに、あたら、糠《ぬか》喜びに終わったわ。

＊　＊　＊

ほどなく信長は、現《うつ》つともつかぬ夢を見た。

……夢のうちには、正装した亡き信秀が現われて、見れば、達者なおりと変わらぬ威厳を保ったその立ち姿が、少しく宙に浮かんでいた。

「父上、病いは癒えたのですか？」

呼びかけてみれども、応答《いらえ》はない。信長など眼中にあらぬがごとく、信秀は、ひたすら天を仰いでいた。

そして、信長は見た。——宙に浮き、ゆらゆらと地を離れゆく父の姿が、するうちに、光芒を発しつつ天高く舞い昇り、ついには消え去っていった、その始終を。

「父上、ちちうえー、何処《いずこ》へお出《い》でまするかぁー？」

だが、あとを追おうにも、信長が空駈けることは叶わなかった。


さて……父の姿を見失った信長が、改めてあたりを見渡せば、そこは、馥郁《ふくいく》たる花々の香り漂う野辺であった。

そう、それは幼い頃、瀕死の際《きわ》で見た情景と余りに似通っていて、しかも、背後より、不意に呼びかけてきた者がいた。

「翔べぬじゃろ。ははは」

不覚にも、知らぬ間に背後をとられた信長が、思わず身構えながら振り向くと、そこには両袖をちぎった胴衣《どうぎ》姿の、若い侍が立っているではないか。

「誰じゃ？　そちは」

「ご挨拶よの。わしなれば、そちよ。信長よ」


——またか！

と、瞬時にして、過去の記憶を甦《よみがえ》らせた信長に、相手は語りかけてきた。

「思い出したか。わしは、そちよ。人にはみな、いま一人のおのれが寄り添うておるというに、誰も気づかぬのよ。長閑《のどやか》なものぞ」

「ふん。そちが何者かは知らぬが、その風体《なり》は何じゃ。人真似をするでないぞ」

「わしの衣なれば、ほかならず、そちの心中にある執着《こだわり》よ」

「何のことやら、分からぬわ。ときに……父上は、いかにしたのじゃ」

「いかにもせぬ。他界したのよ」

「死んだと言うか」

「そうよ」

信長には、ふと、幼時の疑念が思い起こされた。

「死なば、宙へ昇るのか」

「そうとは限らぬ。地に呑まるる者もおるわ。ここにては、人それぞれに、あたりの様も違うてな。ともあれじゃ……」

と、そこで、問答を遮《さえぎ》るかにして、いま一人の信長は言った。

「そちは、まだ、父者《ちちじゃ》のあとを追うてはいかぬのよ。こたび、親様より格別の御用の筋で、わしらに御役目を下さるとよ」

「そちの講釈は、とんと解《げ》せぬな」

「いずれは、判《わか》ろうぞ」

言いおくや、またも相手の姿は掻《か》き消えて、あとは、香《かぐわ》しい蓮華草の野辺に一人で信長はたたずんでいた。

――ふん。おかしげの奴なれど、さして、害にもなるまいて。

そう、割り切れば、怪訝《けげん》の思いもいつしか失《う》せゆき、彼はそのまま、ごろりと花の褥《しとね》に寝そべった。するうちに、あたりは柔らかな光の渦と変じていったが、その心地よさ、懐かしさは、何に喩《たと》えてよいものか。

やがて、彼を包み込む光は、なお一層の輝きを増していった。豪奢《ごうしゃ》な虹色から、清浄な白銀の煌《きら》めきへ、そして、金波銀波が果てしもなく綾をなす、絢爛《けんらん》豊饒《ほうじょう》の、光の坩堝《るつぼ》の世界へと……

そのとき信長は、眩《まばゆ》い中にも、燦然《さんぜん》と、ひときわ輝きわたる、

『天下布武』

との、純白の光の文字《もんじ》を、頭上に仰ぎ見たのであった。

しばし煌々《こうこう》と、四つの文字は光り輝いていたのだが……そこで目覚めてみれば、あたりはやはり変哲もない、那古屋城の、薄暗い寝所の内に過ぎなかった。

＊　＊　＊

さて、信秀の葬儀は、その死の二年後、彼の菩提を弔う寺の建立を待ち、三百人もの僧を集めて盛大に執り行われた。

しかるに、葬儀を仕切ったのは、信秀の死後、ともすれば信長を差し置き織田家を差配するようになった、重臣の平手某《なにがし》であった。

これに反発し、葬儀の中途で姿を現した信長は、袴も着けず、髪型は奇矯《ききょう》にして腰には注連縄《しめなわ》、あまつさえ、鷲づかみにした抹香を仏壇へ投げつけた。

こうした手合いを、当時「傾《かぶ》き者」と称したが、その後も二人はことごとに衝突し、ついに平手某が諫死《かんし》に至るも、信長は意に介さなかった。

＊　＊　＊

一方、信長と美濃の斉藤道三の娘との婚約は、信秀の死で、一時は立ち消えになろうかと見えた。聞こえてくる信長の評判が、うつけだの、たわけだのと、余りにも芳しからず、道三が二の足を踏んだのだ。

道三は、主家の土岐《とき》氏を追放して美濃を乗っ取った経歴をもち、「蝮《まむし》」の異名で呼ばれていた。その道三と、信長が初めて見《まみ》える機会を得たのは、信秀の死後に四年が経った、二十歳の時のことである。

道三の側より会見を要請した理由は、信長が、娘を与えて同盟者とするに足る相手か、我が眼で確かめるためであったろう。信長は、即刻これを承諾し、会見の場には国境《くにざか》いの山寺が選ばれた。

……当日、先着した道三は、うつけなる若造を仰天させるべく、大勢の臣下を正装のうえで待機させ、自らは、密かに信長の様子を探りに出た。

町はずれの小屋にひそみ、覗き見た信長の行列にあって、件《くだ》んの大将の様はといえば、奇矯の出で立ちは普段さながら、いや、猿廻しのごとく腰にはいくつもの瓢《ひょう》箪《たん》をぶらさげ、南蛮渡来の虎皮の半袴《はんばかま》と、噂にたがわぬ傾《かぶ》きぶりであった。

だが、道三を刮目《かつもく》させたのはむしろ、異様に長い槍を揃えた一隊に加え、何と鉄砲隊を、信長が従えていたことであろう。その腰には、おどけた瓢箪ばかりにあらず、さりげなく、燧《ひうち》の袋が提《さ》げられていた。

さて、会見の寺へ着くや、信長はすばやく髪と服装を直し、打って変わった正装に威儀を正して、控えの間や庭先で詰める斎藤の家臣の前にお出ました。

意表を突かれて唖然とする斎藤勢を尻目に、悠々と廊下を渡る信長は、あたかも南瓜《かぼ》畠《ちゃ》を行くがごとく、本堂の前で迎えた斎藤の家老などには挨拶もせず、無用の木石《ぼくせき》をまたぐがごとく応対した。

見かねた道三が、様子見のため忍んでいた本堂の屏風《びょうぶ》の陰より姿を見せたが、なおも、素知らぬ顔を決め込む信長に、これまた見かねた斎藤の家老が、

「この御方が、山城守《やましろのかみ》（道三）にあられまするぞ」

と取り次ぐと、ようようのことに信長は家老を振り向き、

「で、あるか」

と応えて、つかつかと本堂へ踏み入った。

「失礼つかまつる、山城守殿。上総介《かずさのすけ》（信長）にてござる。座ってもよろしいかな？」

「ゆるりと、なされよ」

かくて、道三と対座した信長は、すでに相手を呑んでいた。

「はて、お顔の色がすぐれませぬが、先刻のそれがしとは、別人ではなきかとでも思《おぼ》されましたかな？」

道三はその言葉で、おのれの隠密行動が、かえって信長へ筒抜けであったことに鼻白みつつ、苦笑いを返すほかはなかった。

やがて、型通り互いに盃を交わし、滞りなく会見は終ったが、道三の気は晴れなかった。うつけとは、さては世を欺く仮の姿であったかと、さしも蝮こと斎藤道三が、この、小《こ》癪《しゃく》な若造に舌を巻いたのである。

その後、上辺《うわべ》なりとも、織田家と斎藤家の友好は維持された。

織田家中において、いまだ確たる覇権を樹立できずにいた信長には、当面、敵にまわしたくない相手が道三であった。

一方の道三にとり、伝え聞く信長の奮戦ぶりは、まさに鬼気迫らんばかりの凄まじさと言おうか。わけても、あの村木砦の戦さというは。……

＊　＊　＊

当時、尾張の知多《ちた》半島に寄せた強敵今川の軍勢は、そこに村木砦を築き、織田方の城を半島南部に孤立させた。救援のため信長は、伊勢湾を、海路ひそかに知多へ渡って村木砦に接近し、これを急襲せんとした。

しかるに、いざ決行の段になり、その作戦の前に立ちはだかったのが、冬の海を荒れる嵐であった。

「なにぶんにも…」と、家臣らは訴えた「これへ乗り出《いだ》すは、余りの無体《むたい》にござります」

だが、信長は、涼しい顔で言い切った。

「戦さとは、そも、無体のものよ」

そして、無謀にも、全軍をして嵐の海に突き入らせると……

鬼神もこれを憚ったか、烈風も波濤も何のものかは、ついに織田勢は荒海を乗り切り、めざす岸辺に行き着いた。

「見たか、者ども。かくなる上は、勝とうほかには何がある！」

この首尾に信長は吠《ほ》え、将兵らは奮い立った。

かくて……殺到した村木砦では、信長自らが先陣に立ち、阿修羅さながらの戦いぶりで、瞬くうちに砦を奪い取ったのだ。

後日、この模様を伝え聞いた、道三の胸中は複雑であった。――凄まじき男《おのこ》よ。隣国におりては、まこと嫌なるお人よな。

＊　＊　＊

さて、道三との会見から三年後、美濃では道三が、嫡男の斎藤義龍《よしたつ》に攻め滅ぼされるとの、意外な事態が持ち上がった。先に、道三に追放された主家、土岐頼芸《ときよりあき》の、密かな落胤《らくいん》こそがおのれとの風説を信じた義龍が、土岐家再興を掲げて道三を攻めたものである。

援軍を求めるべく道三は、慌だしく娘を信長のもとへ輿《こし》入れさせ、娘婿となった信長に、美濃を譲るとの書状までをも送ってきた。だが、時すでに遅く、道三は滅び去って、美濃は一転、国を挙げ信長の敵となり変わった。

のみならず、これを契機に尾張でも、反信長の動きが一気に噴き出した。織田家骨肉《こつにく》の争いであり、薄氷を踏む日々が信長には続いた。

まず、弟の信行《のぶゆき》が背いて兵を挙げると、逆に信長はその城を攻め、降参させた信行に詫びを入れさせて、一度は事を収めた。

異母兄の信広《のぶひろ》もまた、斎藤義龍と謀《はか》り、信長を討とうとした。これを見破った信長は、事前に信広の抵抗を封じて、逆に、今後の臣従を誓わせた。

さらに二年後、信行がまたも不穏の動きを見せると、信長は病気危篤と偽り、見舞いに訪れた信行を、側近の者の手で斬殺させた。

——うまうまと謀《たばか》られおって。その尻軽で、尾張一国が持ちゆくと思うてか。

＊　＊　＊

……この間に信長は、長男すなわち、のちの信忠《のぶただ》や、次男すなわち信雄《のぶかつ》、さらに長女の徳姫《とくひめ》を設けていた。

ただし、彼らの母は、斎藤道三の娘ではない。正室として美濃より迎えられ、濃姫《のうひめ》と呼ばれた道三の娘は、父の死後、ほどなくして信長のもとを去っていた。

道三が存命ならば、濃姫は、信長が孤立を免れるための命綱ともなったであろう。だが、道三亡きあとの信長に、濃姫の存在理由は失われた。彼らが、夫婦として過ごした時間《とき》は短く、二人の間に子はなかった。

信長には、道三や濃姫に、ひた隠しとした女性がいた。尾張の富豪、生駒家の娘で、名を吉乃《きつの》といい、長男らを産んだのは彼女であった。

その生駒家は、尾張から近隣諸国にかけ、油と木灰《もくばい》を手広く商う豪商で、今は吉乃の兄が当主を務めていた。屋敷は、この頃までに信長が新たな拠点とした清洲《きよす》城より、北方へ数里を隔てたところにある。

商家とはいえ、広大な敷地の周りには土塁や堀を巡らせ、ちょっとした砦を思わせた。屋敷内には、多数の浪人たち、すなわち、間諜《かんちょう》や用心棒を兼ねる食客が抱えられていて、うちには、蘭丸の父、森可成《よしなり》もいたし、仲間から「猿《さる》」と呼ばれ、木下藤吉郎とか名乗る小男もいた。

吉乃は、年の頃三十路《みそじ》のはじめで、信長より六歳の年長になる。先に、さる武家へ嫁いだが、夫が陣没したため、実家の生駒屋敷へ戻っていた。

そのうちに、生駒家の持つ財力と、諜報能力に眼をつけた信長が、この屋敷へ姿を見せるようになり、ここで吉乃を見初《そ》めたのだ。

しかし、のちに濃姫が正室として輿入れし、さらに吉乃の懐妊がわかると、実家近くの別の屋敷に吉乃はそっと身をひそめた。

骨肉との熾烈な対峙を続けていた信長は、闇討ちの恐れを押し、しげしげと吉乃のもとを訪れた。緊張打ち続く日々に、彼女との逢う瀬や、生駒屋敷での気ままな遊興が、ひとときの安らぎを彼にもたらした。

やがて、濃姫が去り、吉乃が長男を出産したおり、信長の浮かれようは底抜けであった。さっそく生駒家に無礼講の触れを出し、かの親類縁者や屋敷の浪人どもは言うに及ばず、下男や婢《はしため》にまで酒を振る舞い、踊り狂わせ、

「さても、めでたや」

と、自身がその輪に加わって、剽軽《ひょうきん》な踊りに明け方までも興じていた。

＊　　＊　　＊

その後信長は、斎藤義龍と結ぶ国内の敵を一掃し、ほぼ尾張の全域を掌中にした。

とはいえ、義龍との戦いはなお続き、東方の駿河では、より強大な敵である今川義元《よしもと》が、三河から、さらに尾張への侵攻の機を虎視眈々《こしたんたん》と窺《うかが》っていた。

この時、今川の部将の一人に、三河の松平家より人質として今川へ送られた、松平元康《もとやす》という若武者がいた。のちの、徳川家康である。

彼の父、松平広忠《ひろただ》は、東西を今川と織田に挟まれる、三河の弱小大名であった。かつて、織田信秀の攻勢にさらされ、今川に援軍を乞うため、幼少の息子、竹千代（松平元康こと、徳川家康の幼名）を、今川へ人質に出さねばならぬ立場にいた。


信長と家康には、実は奇妙な因縁がある。

竹千代は、六歳の時に今川へ送られる途上、謀《はか》られて別の土豪に捕えられ、捕虜として織田方へ売られたことがあったのだ。

織田信秀は、竹千代の命と引き換えに、今川との手切れを松平広忠に迫った。しかるに、大名間の信義を重んずるがゆえ、息子なら殺さば殺せと、これを拒否した広忠の態度は、かえって信秀に感銘を与えた。

かくして、危害こそ免れたものの竹千代は、織田家の監視のもと、二年ばかりを敵地で過ごす羽目となり、この間に今川の差し金《がね》で広忠が暗殺されると、三河はあたかも今川の属国の観を呈してきた。

さて信長は、八歳年下の敵の小僧に関心を示し、父に内緒で、竹千代の幽閉された寺を幾度か訪ねていた。

「ほれ、竹千代。今日は菓子餅じゃ。うまき物も、ろくに食してはおるまい。たんと食らうがよいわ」

と、たびごとに、信長が差し入れを与えてやった竹千代は、小太りで、子供にしては、ひねこびた顔をしていた。

「まこと、よろしいのでございまするか?」

「くどい餓鬼よの、われは。出世をせぬぞ。ここの番人など、わしが叱りつけておるゆえ、横槍など入れはせぬわ。尾張にては、わしがよしと言えば、それでよいのじゃ」

「なれば、有り難く頂戴いたします」

「まあ、われも不憫《ふびん》よの。われの父者《ちちじゃ》は、倅《せがれ》ごときの命、今川と結ぶ身なれば、知ったることかとほざいておるわ」

「……」

「ほう、気にしたか。これは許せ。されど……わしの父とて、変わりはせぬぞ。ときに、われはな、いま少し大きゅうなったら、わしの供衆《ともしゅう》にしてやろうぞ」

「いえ、それは適《かな》いませぬ。それがしは、今川様に呼ばれておりまするゆえ」

「義元か? あの、胴長《どうなが》で、やたら肥え太った親爺の、どこが怖いというのじゃ」

……その竹千代が、織田のもとから解放されたのは二年後のこと、織田と今川、互いの捕虜交換によってであった。

だが、いったん三河へ戻された竹千代は、息つくまもなく、次には人質として今川の本拠、駿府《すんぷ》（静岡市）へおもむかなければならなかった。

ともあれ、かくして信長と竹千代が別れてあとに、十年余の歳月が過ぎていった。

三、運命の岐路——桶狭間の戦い

永禄《えいろく》三年（一五六〇年）夏のはじめ、二十七歳の信長に、その命運も尽きるかの最大の窮地が迫っていた。

駿河の今川義元が、関東の宿敵と和睦したうえ、総力を挙げて、尾張をめがけ押し寄せてきたのだ。これまでの小競り合いとは様相が違い、このたび義元は直々の出陣で、一気に織田家を滅ぼさんとの構えであった。

東海一の弓取りと勇名を馳せる義元は四十二歳、その兵力は織田に数倍し、万に一つも、信長に勝ち目があるとは思えなかった。

しかるに、情勢が切迫しようと、何を思うか信長は、とりたてて軍議を開くでもなく、生駒屋敷で道化踊りに興じたりする有り様であった。

この体《てい》たらくに、たまりかねて指示を乞う家臣たちには、

「ふむ。敵は数倍。立ち向かうに、蟷螂《とうろう》の斧とはまさにこれよ。この期《ご》に及び、いかなる策があろうと言うか」

と、素っ気なく応えるばかりなのである。

実のところ、今川勢迫るの慌だしい動きの中で、捨て身の一策を信長は選び取っていた。

今は、それに賭けるのほかはない。

……するほどに、彼の拠る清洲《きよす》城へは、敵勢が、大挙して尾張領内にまで侵入したとの

報せが相次いだ。城下の町屋は上を下への騒ぎとなって、街道筋は、家財を積んだ荷車を引き、避難していく町人たちで溢れていった。

そこへ届いた注進が、敵の先陣として、前線の砦へ入った者が松平元康《もとやす》であると告げると、ちらと信長は思った。

――ほう、あの竹千代めか。

皮肉にも、まず織田方と対峙したのは、今やいっぱしの若武者に成長した、あの竹千代こと松平元康だといい、義元の本陣はすぐその背後に迫っていた。


さて……決戦を翌日に控えた夜の軍議でも、信長は、あたかも勝利を諦めたがごとく、つまらぬ世間話に終始して、居並ぶ家臣らを呆れ嘆かせた。

その夜、信長は我ながら、不思議に謐《しず》かな境地にいた。肚《はら》は定まってはいたが、それを軍議に載《の》せては、敵方に漏れる恐れもあったのだ。

日頃より、好きな小唄を一番唄うと、彼はそのまま床に就き、眠りに落ちた。

死のうは一定《いちじょう》
しのび草には何をしよぞ
一定語りおこすよの

翌朝、出陣を前に信長は、十八番《おはこ》としている幸若舞《こうわかまい》、「敦盛《あつもり》」を舞った。

人間五十年
下天《げてん》の内をくらぶれば、夢幻《まぼろし》の如くなり
一度生《ひとたびしょう》を得て、滅せぬ者のあるべきか

舞を終えるや、籠城を得策とする家臣らの進言には耳も貸さず、馬を駆り、敢然と清洲《きよす》城より打って出た。その果断さ、迅速さのゆえ、直ちに後《あと》へ従い得たのは、供廻《ともまわ》りの若衆わずか数騎のみ。

途中、熱田《あつた》神宮まで一気に駆けて戦勝の祈願を済ませ、ようよう追い縋《すが》ってきた手勢をそこで束ねると、木瓜《もっこう》の織田家旗印を翩翻《へんぽん》と靡《なび》かせて、そのまま惑《まど》うことなく前線めがけ、ひた走った。

彼の策とは……あのとき信長は、「義元を討て」との、声なき声を聞いたのであった。すなわち、その策とは、敵陣への真っ向からの強襲に賭けて、敵の総帥を討ち取るということに尽きていた。

定めた通り、ひたすら、彼は突き進んだ。緒戦の勝利に驕《おご》る義元は、桶狭間《おけはざま》山の陣中で酒宴を催し、謡《うたい》に興じているという。

「向かうは、桶狭間山ぞ！」

それこそは、敵方の、まさに正面突破を意味していた。


彼我《ひが》、いよいよ間合いを詰めたその時、余りの無謀さに、馬の轡《くつわ》を取り、引き留めようとする家老らを、信長は大喝して喚《よ》ばわった。

「敵は大軍とて、恐るべからず！　運は、天にあり。この理《ことわり》は、知らぬと言うか！」

おりから俄《にわ》かに、激しく背を衝《つ》く烈風と驟雨《しゅうう》が来たり、雨風に向き合う今川勢に目潰《つぶ》しをくれた。弓も鉄砲も、もはや役には立とうものか。

……ややあって、ひとしきりの豪雨がおさまると、すでに敵陣への肉迫を果たした信長は、むんずと鎗《やり》を取り、大音声《おんじょう》を張りあげた。

「すわ、ここぞ！」

その声に弾かれ、突撃に移った織田勢は、慌てふためく今川勢のうちより、多数の旗本に護られつつ蒼惶《そうこう》と退いてゆく義元の輿《こし》を見いだした。

「掛かれ、掛かれ、討ち取れい！」

かくて……殺到した織田勢の前に、脆《もろ》くも今川義元は討ち取られ、大将を失って総崩れとなった今川勢は、おのおのが算を乱して敗走した。

――まさに神憑《がか》りにも似た、この、いわゆる桶狭間《おけはざま》の大勝利は、「尾張に織田あり」と、一躍、信長の名を天下に知らしめるところとなった。

兵をまとめ、熱田神宮に勝利を報告した信長は、清洲城へと凱旋した。清洲では、討ち取った首の実験を終えたのち、求めに応じて義元の首級を今川方へ返し、自らも、鄭重に敵将の霊を供養した。

＊　＊　＊

さて、未曾有の勝利の余韻も醒めやらぬなか、信長は一目散に馬を飛ばして、生駒屋敷へおもむいた。屋敷には、濃姫が去ってのち、隠される必要もなくなった吉乃《きつの》や子供らが戻っていた。

出迎えたのは当家の主人、すなわち吉乃の兄であった。

「これはこれは、殿様。こたびの戦さ、まことに見事のお手並みとうかがい、手前どもも祝着至極にございまする」

「いや、祝勝の品々、大儀であった。礼を言う」

信長は、わざと素っ気なく応対した。幾分かの照れもあったが、あからさまな追従《ついしょう》を、彼は好まなかった。

「どういたしましたことか」

当主は、世慣れた風に受け流した。

「まま、殿様。おみ足とお体を洗わせまするゆえ、こちらへ。これ、早う湯の支度をせよ。お供の方々は、どうぞ、こちらへおいで下されませ」

そこへ、四歳になる長男の奇妙《きみょう》（信忠）と、次男の茶筅《ちゃせん》（信雄）が姿を見せて、信長はようよう相好を崩した。末の五徳《ごとく》（徳姫）は、奥で寝入っているという。

……梅雨の時候、吉乃の暮らす離れの座敷よりは、そぼ降りはじめた雨にしっとりと濡れる、庭の杜若《かきつばた》の群れが見渡せた。

落ち着いた、紫の色の花である。すでに夕刻で、一対の白い夜着が臥所《ふしど》の上に整えられた座敷には、酒肴《しゅこう》の膳が運ばれてきた。

「ささ、殿様。粗末なものではござりまするが、これにて何とぞごゆるりと」

そう言って、そそくさと吉乃の兄は退いた。

弱い日ざしが暮れなずむ座敷のうちで、うつむいたまま、ひとしきり啜《すす》り泣く吉乃に、信長は促した。

「そう、いつまでも泣くでない」

「殿……よくぞや、ご無事のお戻りで」

「うむ。なれど、戦さのことは、ひととき忘れたい。今宵はそなたの懐にて、安心《あんじん》を求めに参ったのじゃ」

「もったいなきお言葉、まことに嬉しうございます」

かたわらに寄り添うと、吉乃は一献《いっこん》を注《そそ》いだ。たおやかな黒髪が肩先に触れ、そのまま抱き寄せたい思いをこらえて、信長は盃を受けた。

彼は普段、深くは酒をたしなまぬ。油断を見せぬための心掛けであったが、

「よろしいでは、ござりませぬか」

「そうか。まことに、今宵ばかりは、左様にしたき気がなくもない」

「なれば、左様になされませ。今宵はわらわが、殿のお疲れの身を、心ゆくまで、お慰め申しまするがゆえ」

かすかに、科《しな》を作ってほほ笑む吉乃からは、円熟した女の、巧まぬ色香が匂ってきた。

注がれた酒を、ぐいと呑み干し、信長は大きく息を吐いた。

「うまき酒ぞ。まこと、生きてこそ味わえるものか」

「では……わらわにも、一献を頂けまするか?」

「よいわ。存分に飲むがよい」

信長は盃を渡し、手ずから吉乃に酒を注《つ》いだが、このような所望を彼女が口にしたこと

などは、過去にない。

「けっこうな、お酒《ささ》ですこと」

「なれば、もう一献じゃ。よかろうの」

「あい」

と、吉乃は盃を受けた。返杯を繰り返すうち、薄い白粉《おしろい》の下でほんのりと、頰には紅《べに》がさしはじめた。

ほどほどに酔いが廻った信長は、やにわに彼女を抱き寄せた。荒々しく、為されるがまま、その柔肌を吉乃は預けたのであった。


……ふと目覚めると、外はまだ薄暗い。

妙な夢を見た、と信長は思った。夢に現われてきたのは、桶狭間出陣の際と同じ装束に具足《ぐそく》（甲鎧）を帯びた、例の、いま一人の信長であった。

「わしを、忘れてはなるまいぞ」

と、その信長が語りかけてきたのだ。心なしか、姿の全体が輝いて見えた。

「それがどうした。何の用ぞ」

「教えてやろう。『義元を討て』と、そちに呼びかけたるは、わしじゃ」

「何と？」

「あとは、親様の御配慮《はからい》ぞ」

「……」

そして、しばし絶句ののち、信長が、

「そちは、もしや、わしの影か？」

と、尋ねると、

「そちこそが、わしの影ぞ。わしは、そちの命。真《まこと》の信長なり。しかして、そちが苦難のごと、わしは、より猛《たけ》く、より賢《さか》しく、より輝きを増しゆくのよ」

相手が、そう応じたところで目が覚めたのだ。


……何だ、夢かと我に戻ると、節々からは力が抜け果て、気怠《けだる》い充足の思いと酒の酔いとが残っていた。

添い寝の吉乃も、目覚めたと見える。信長は、彼女以外にならば決して漏らさぬであろう肚《はら》の内を、そこで初めて口にした。

「それにつけても……何ゆえに、この命が、かく長らえておるのであろう」

「殿が、お強きゆえにございまするよ」

「要らぬ追従《ついしょう》を、言わぬでよい。正直、勝てる戦さではなかったのじゃ。あれほどの手勢の差、策も何もがあろうものかは……。わしは、まことに死ぬ気でおった」

「滅相もなきことを、仰せめさるな」

とはいえ、吉乃にしてもその兄が、信長敗北後の生駒家を案じ、今川の筋へも抜かりなく渡りをつけようとしたことは知っていた。

「策というなれば、ただ、義元一人を討ち果たすべく、無心に突き進んだのみなのじゃ。しかしの、不思議にも、負ける気など、毫《ごう》もせなんだ。そこへ……」

と、ここで信長は言い淀んだ。

「どう、なされたのでございまするか？」

「神風までもが、吹きおったのよ」

「と、申しますると？」

「ふむ。わしが、捨て身の攻めに及ばんとしたおりじゃ。俄《にわ》かの嵐があったのよ。それは、異様に激しきものであった」

「わらわも、覚えておりまする。で、いかがなされたのでございまするか？」

「そのままに行こうものなら、徒《ただ》に、飛び道具の餌食となったであろう。……雨と風とが、この命をば助けてくれたのよ」

「熱田《あつた》の神様でございましょうか？」

「戦勝の祈願はしたがの。……それこそは、気休めであろう」

――信長の心の底には、先ほどの夢が蟠《わだかま》ったが、語る気にもなれぬ間に朝が来て、

「もう、お帰りでございまするか?」

と、吉乃は拗《す》ねてみせた。

「わしとても、長居をしたい。なれど、この機に、美濃をも叩きおかねばならぬのじゃ」

＊　＊　＊

その言葉通り、今川を破った信長は、すかさず美濃の斎藤義龍《よしたつ》に攻めかかった。しかし、美濃の守りは堅く、織田勢は戦果もあげずに敗退した。

翌年、義龍が急病死し、息子の龍興《たつおき》が十四歳であとを継ぐと、これを好機と再び美濃へ侵攻したが、またもや同じ結果を見た。

他方で信長は、桶狭間《おけはざま》の戦いののち三河で自立した、松平元康《もとやす》(徳川家康)をも、新手《あらて》の敵とした。

今川家の人質から、義元の養子とされた元康は、件《くだん》の戦いで今川方の砦を守っていたが、思いもよらず義元は討たれ、戦《いく》さは惨敗に終わった。だが、かえってそれが、幸運を呼び込むことになろうとは。

戦場より撤収した元康は、どさくさ紛れに今川の統制を離れ、本来の居城である三河の岡崎城へ戻って、念願の自立を果たしていた。その後の彼は、三河に残存する今川勢力の排除をはかる一方、信長の軍勢ともたびたびの衝突を繰り返した。

——小僧めが、小賢《こざか》しく逆らいおるわ。

と、信長は苦笑した。

苦笑しつつも、ここは美濃攻めに専念するため、父の信秀以来の方針を大きく転換し、長年の仇敵であった松平家との和睦を選択した。

交渉は難航したが、詰まるところ、元康は和睦に応じてきた。

さらに戦略を巡らせた信長は、両家の関係を、たんなる和睦から攻守に及ぶ盟約に高めるべく、ついては、元康本人が清洲《きよす》城までおもむかれたしと申し入れた。「小僧」めの、度量のほどを、試してみようとしたのである。

なかば、挑発にも似たこの誘いに、元康は天晴れな対応を見せた。一死を覚悟のうえ、諫《いさ》める家臣らを押し切った元康は、わずか百人ばかりの供揃《ともぞろ》えで堂々と尾張へ乗り込み、いたく信長を感心させたのだ。

上々の機嫌で、元康ら一行を出迎えた信長は、

「三河の衆に、断じて、無礼をはたらいてはならぬ」と、家臣らに向け厳命した。

かくて、清洲城の本丸座敷で、改めて二人は対座した。

「これは、竹千代……ではなく、元康殿であったな。大きゅうなられたな」

「お久しゅうござる。上総介《かずさのすけ》殿」

上総介とは、当時信長が勝手に名乗っていた朝廷の官名で、対等の同盟とはいいながら、元康には、やはり信長の名を直《じか》に呼ぶのは憚られた。

「まあ、他人行儀は措《お》こうぞ、元康殿。そなたも、わしを信長と呼べ。早速にも、用向きに入ろうではないか」

何事であれ、迂遠《うえん》を嫌う信長は、早々に元康との間で起請《きしょう》の文面を取り交わし、互いに神掛けてこれを誓うとの、決まりの儀式を執り終えた。

「よくぞ、承知いただけたな。これぞ天下の大慶《たいけい》ぞ。のう、元康殿」

信長の口から唐突に出た、「天下の大慶」などとの大仰な言葉に、正直、元康は異和を覚えたのだが、無論、毛ほどにもその素振りには出さなかった。

「手前こそ、恐悦至極にござる」

「で、家臣どもは、不平を鳴らさなんだか？」

「いや。……大いに、鳴らしてござる」

「わはは。如何《いか》ようにじゃ」

しばし、返答に詰まった元康は、かえって、あからさまにしておくが得策と考えた。

「織田は、怨敵と、口々に申してござる」

「わっはっは。それで、どうした」

「熟慮の末、このわしが決めたこと、と、一同に申し渡してござる」

信長は、呵々《かか》大笑した。

「それは頼もしきことぞ。なれば、この上は、わしは西の方《かた》へと打って出るゆえ、御仁《ごじん》にては東の方、遠江《とおとうみ》といわず、駿河までをも切り取り放題……」

「有り難く、承知つかまつる」

……相も変わらぬ大風呂敷よと、元康は内心で呆れるも、この盟約に信長が本気であるらしいことには、ひとまず胸を撫でおろした。

時に、信長二十九歳、元康二十一歳、
翌年には、信長の長女徳姫《とくひめ》と、元康の長男信康《のぶやす》との婚約が成って、それを機に元康は、「家康」と自らの名を改めた。養父、今川義元よりもらった「元」の字を捨て、今川との絶縁を表明したのである。

また、別の事情で、やがて彼は「徳川」の苗字を名乗るが、いずれ、娘を松平家へ嫁がせようとは、家康への、信長の信頼の厚さを語っていた。

――小僧めが、昔ながらに短身で小太り、見栄《ば》えはせぬが、抜け目なき男に育ちおったことよ。

かくして、後顧の憂いを除いた信長は、清洲城のさらに北方、敵地美濃を、より間近に望む地へ、新たに小牧山《こまきやま》城を建設しはじめた。

＊　＊　＊

さて、応仁《おうにん》元年（一四六七年）に勃発した大乱で幕を開けた戦国の世も、すでに百年近くの歳月が流れ、京の室町幕府は有名無実と化していた。

この間に幕府の実権は、足利将軍家から重臣の細川氏に移り、やがて、細川家臣の三好長慶《ながよし》へ、そして長慶の死後は、さらにその家臣の松永久秀《ひさひで》や、三好三人衆と呼ばれる一族へと、次々に下剋上されていった。

あげく、信長が美濃攻略に腐心している間には、あろうことか、将軍足利義輝《よしてる》その人が、松永と三好の手勢に襲撃され、自害に至るという事件までもが突発した。松永らは、義輝の従弟《いとこ》で、自らが薬籠《やくろう》中のものとしていた足利義栄《よしひで》なる人物を、新たな将軍に担《かつ》ごうとしての挙であった。

報せを受け、信長は呟《つぶや》いた。

――ほほう、松永や三好一党とやら、そこまでやりおったか。

暗殺された義輝には、一度だけだが、信長は面識があった。尾張の制覇を目前にした頃、その事実につき、将軍より暗黙の了解を得るべく上洛して、直々の謁見《えっけん》を許されたことがあったのだ。

義輝は、なかなかの偉丈夫《いじょうふ》と見えた。その通り、彼は剣術の達人で、襲撃してきた賊の多数を切り伏せるも、衆寡《しゅうか》敵せず、ついに自刃をやむなくされた。松永らは、義輝のそうした硬骨ぶりを疎《うと》んで、これを抹殺したのである。

ところでこの時、義輝の弟、足利義昭《よしあき》も命を狙われたが、かろうじて虎口を脱し、各地を転々としはじめた。

以後、将軍の不在という異常事態が続き、また、松永久秀と三好三人衆も仲違いをして相争うなど、天下の情勢は混迷を深めるばかりであった。

そうしたなか、流浪する義昭は、幕府再興のため、当の義昭を奉じて京へ向かうべしとの書状を大名らに送った。とはいえ、本国を空けて、それなりの軍勢を京に常駐させおくのは容易でなく、応じる者はいなかった。

ひとり、信長だけが、義昭の要請を口実に再び美濃へ出兵したが、斎藤氏の稲葉山《いなばやま》城を攻め落とすには至らなかった。

この間、美濃攻略のため信長の打った別の手立てが、美人との誉れも高い妹のお市《いち》を、近江《おうみ》（滋賀県）北半の大名、浅井長政《ながまさ》と婚約させたことである。

長政は二十一歳ながら、すでに家督を継いでいて、しかも彼の名の「長」は、桶狭間の戦いで勇名を馳せた信長を慕い、下《しも》の字に因《ちな》んで自ら名乗ったものという。そんな長政に、お市との婚約は望むところであったろう。

長政の協力を得た信長は、尾張と近江の二方面より、じわじわと美濃を締め上げた。

＊　＊　＊

……その頃、久しく病いに臥《ふ》せていた吉乃《きつの》が、四十路《よそじ》にも届かぬ若さで、ひっそりと世を去った。

多忙にかまけて、信長が彼女を忘れてしまったわけではない。美濃攻めの新たな拠点とした小牧山城は、生駒屋敷にもほど近く、城下では、晴れて彼女を御台《みだい》（正室）に迎えるため、御殿が新造されていた。

しかるに、吉乃の容態は衰弱を極めてゆき、その兄が城に出向いて妹の様を訴えると、翌日、先触れもなしに信長が生駒屋敷を訪ねてきた。

「具合は、どうじゃ？」

吉乃の部屋で、信長の問いかける声は優しかった。

「殿には、お忙しいお体と伺《うかご》うておりまするに、わざわざのお出まし、まことに忝《かたじけ》のうございます」

ようように応えた彼女の涙は、留まるところを知らなかった。

「いや、かように見舞いが遅れたは、まことに相済まぬ。明日には、城より輿《こし》を差し向けさせようぞ。念願であった、御台《みだい》の新居が落成したゆえ、向後はそこにて、ゆるりと養生するがよい」

「御台？　と仰せられましたか」

「そうじゃ」

と、信長は、にこりとした。

「そなたには、長らく苦労をかけたゆえ」

この感激に、吉乃は信長の手をとり、また涙しつつ、気力を絞って感謝の言葉を述べたのだったが……

薬石の効もなく、御台御殿で、彼女は衰弱死を遂げた。美濃の要衝、墨俣《すのまた》の地に、楔《くさび》となる砦を立ち上げた信長が、美濃攻略にほぼ目途をつけた矢先であった。

死のうは一定《いちじょう》
しのび草には何をしよぞ
一定語りおこすよの

……吉乃の遺骨は、城からもそう遠からぬ、生駒家代々の菩提寺に葬られた。

墓所に根付いた曼珠沙華《まんじゅしゃげ》が、血の色にも似た花を咲かせる時節のことで、城の望楼よりたびたびその寺を眺めやっては、信長はひとり涙した。

＊　＊　＊

この、類も稀な、織田信長という男に、天下を平らげんとの大望が発したのは、そうした悲嘆のさなかであった。

『天下布武《ふぶ》』――

もう、幾歳《いくとせ》になんなんとするであろうか、忘れていた昔の夢、燦然《さんぜん》と輝く光の文字《もんじ》が、突如、ありありと信長の裡《うち》で甦《よみがえ》った。

……そう、あれは父信秀の死後、ほどなくのことだ。

以来、桶狭間までの十年余、彼は危うい橋を渡り続けて、そののちは、あらゆる智恵と汗とを美濃攻略に注《つ》ぎ込んできた。

だが、それらは、何たるや、小さき思いであったことか。

――天下に武を布《し》き、この乱世を平らげる。

それは、いまだ願望に過ぎぬかも知れぬが、改めて日の本の絵図を眺め渡した時、信長は胸の高鳴りを覚えたのである。すなわち……

義元亡きあと、今川の凋落《ちょうらく》いちじるしい昨今、ひときわ抜きん出た大名なれば、甲斐の武田、越後の上杉、相模の北条、そして、西国では安芸の毛利と、九州の大友や島津に尽きるであろう。

いずれの地も、京からはほど遠い。しかも、武田、北条と上杉は、信濃や関東くんだりでの戦さに血道《ちみち》を挙げて、京を窺《うかが》う気配もない。

一方、畿内には、さほどの大名も見当たらぬ。古《いにしえ》よりの有力な神社仏閣が根を張って、織田家のごとき成り上がりの出来星《できぼし》大名など、育つ余地がないのだ。松永久秀や三好三人衆にせよ、無力な将軍を操りつつ政局を泳ぐばかりで、その武力たるや、恐るるに足らずと信長は踏んでいた。

では、畿内近辺にあって、ひとかどの大名を捜すとすれば、信長の織田家と美濃の斎藤に、あとは越前（福井県東部）の朝倉ほどのものか。

しかも、彼らと京をつなぐ近江に位置する浅井は、長政とお市の婚約を形《かた》に味方へ引き入れた。もはや、美濃を奪い、あの足利義昭《よしあき》さえ掌中のものとすれば、都へは、あと一息で手が届く。

天下布武のためには……

まず都を押さえることこそ肝要と、ここで信長は看破《かんぱ》した。

ただ、不都合なことに、そのおり義昭は、朝倉義景《よしかげ》を頼って越前にいた。義昭の望みは無論、朝倉の護衛のもとに京へ昇り、兄の仇の松永も三好も蹴散らして、おのれが将軍職に就くことだ。

朝倉が、先に事を興《おこ》せば、信長の大望は画餅《がべい》に帰するが、幸いにも、せっかくの奇貨《きか》を得ながら、朝倉の動く気色はさらにない。

——所詮、奴はそれだけの器であって、自国での一向一揆や、隣国上杉の動きばかりが気になるのよ。その証左に、業《ごう》を煮やした義昭が、密かに使いを寄こしては、この、わしの肚《はら》を探らんと、躍起になっておるではないか。

信長は、ほくそ笑んだ。

……だが、その一方で、天下布武への膳立てが、こうまで誂《あつら》え向きに整っていようことには、不可思議の念も募ってくる。

あの夢は、いったい、何であったのか？　それは、まさしく十数年後の天下の様を予測し、また、今後の信長が進むべき道を指し示していたかに見える。

あの時、父の信秀が死なず、そのまま今日に至っていたならば……信秀の力量からして、尾張一国ぐらいはせしめたであろうが、今頃になってその相続をめぐり、信長は、弟との間で激しい戦いを続けていよう。

いや、その前に織田家は、今川の軍門に降《くだ》り、滅亡し去っていたやもしれぬ。敵の総帥を討つという、これまた不可思議の閃《ひらめ》きにより信長が肚《はら》を定めた、あの捨て身の戦法と、そこへあの神風の、もしも、なかりせば。

仮に織田家が滅びぬまでも、今川が健在のままで、天下布武に、今や欠かせぬ要件となった美濃の征服など、夢のまた夢であったろう。

——世には、何らか、不可思議の力が働きおろうか？

そのようなことを、今さらながらに信長は思う。それも、神主や坊主どものの言い立てる神や仏の力とは、間違いなく別なるものであろうとも。

なれば、その不可思議の力を、仮に「天道」とでも呼びおこうか。

そこで、改めて信長はじっくりと、絵図に見入ってみたのである。彼の戦略は、さらに大きく膨《ふく》らんでいった。

美濃のみならず、今後は、伊勢（三重県）をも制圧する。この地は、美濃と同様、尾張から近江へ、さらには京へと抜ける経路となるからだ。

かくして、天下を見据えた今、徳川家康との間に打ち立てた盟約の、より一層の強化に、もはや信長は躊躇《ちゅうちょ》することがなかった。

翌年の初夏、今は吉乃の忘れ形見となった最愛の徳姫を、満を持し、信長は徳川家へと嫁がせた。

「父上様、徳は嫌でございます。寂しゅうございます。この尾張を、離れとうはございませぬ」

そう言ってむずかった徳姫は、わずか九歳、許嫁《いいなずけ》の徳川信康もまた同い年で、婚約してのち四年の歳月が経っていた。

四、上洛を果たす

桶狭間の戦いから、七年の歳月が流れた永禄《えいろく》十年（一五六七年）の秋、三十四歳にして信長は、ついに美濃斎藤氏の稲葉山《いなばやま》城を陥れ、ひとつの念願を果たした。

さて……奪い取った稲葉山城を、「岐阜《ぎふ》城」と改称した信長は、この城を新たなる拠点とすべく、家中《かちゅう》を挙げて乗り込んだ。

岐阜とは、唐土《もろこし》の故事で「天下を開く」の意味を持つ。戦国大名が、本国の外へ居城を移すという異例の断で、信長は今や、岐阜城より京を見据えるとともに、自らの印章として「天下布武」の四文字を使用しはじめた。

その岐阜城は、そそり立つ岩山と急崖の要処に砦を構え、麓を長良《ながら》川の急流と堀とが囲む要害をなす。

攻略には、思わぬ時日《じじつ》を要したが、信長は、降伏した斎藤龍興《たつおき》に城からの退去を許し、命を奪うことはなかった。投降した斎藤家臣の多くは、新たに召し抱え、城の修築強化を図るとともに、戦火で荒廃した市街の復興に日夜邁進していった。

美濃は、伊吹と鈴鹿の山脈《やまなみ》で近江とは隔たるものの、山地の切れ目に広がる関ヶ原は、古来、東西交通の要衝をなしてきた。岐阜を発し、関ヶ原を抜けて近江を踏めば、琵琶湖の東岸伝いに、京へはほぼ、まっしぐらといって過言でない。

いま、その京や畿内では、松永久秀と三好三人衆が抗争を繰り返し、山城（京都近辺）はおおむね三好が、大和（奈良県）は松永が押さえるところとなっていた。奈良においては、東大寺へ布陣した三好勢に松永勢が夜襲を仕掛け、巻き添えで大仏殿が炎上するとの凶事《まがごと》までが持ち上がった。

——ほう、松永とやら、将軍を弑《しい》したに飽きたらず、大仏までを焼きおったか。

信長は、もはや老境に近いという松永久秀の所業に、内心では手を打って、なかば快哉《かいさい》を叫びたい思いでいた。

＊　＊　＊

……ほどなく、正親町《おおぎまち》天皇の勅使が、信長のもとを訪ねてきた。

若いうち、「上総介《かずさのすけ》」を僭称して憚らなかった信長も、この頃には正式な手続きを践《ふ》み、朝廷より「尾張守《おわりのかみ》」の称号を許される身となっていた。事実上、彼を尾張の支配者と認めたもので、勅使の派遣は、その延長上にあると思われた。

もたらされた綸旨《りんじ》（天皇の趣意書）は、表向き、尾張と美濃の内で、土豪らに押領された皇室領の回復を、この新興の武将の力に求めていた。

いや、その裏で注目すべきは、信長を、「古今無双の名将」などなどと、歯の浮くほどに持ち上げたうえ、「さらに勝ち進め」とまで認《したた》められていたことだ。とりもなおさず、彼の上洛を、暗《あん》に、天皇自らが要請してきたにほかならぬ。

事実、大仏殿炎上に極まるところの狼藉が罷《まか》り通り、朝廷もまた、松永や三好三人衆を厄介視しているなか、織田の名は、信秀がかつて行った莫大な寄進行為もあって、朝廷では概して好評を得ていた。

思う壺とはこのことか……綸旨を受けると、信長は急ぎ妹のお市に言い含め、早々に、浅井長政のもとへ嫁がせた。

「長政殿は、見どころのある男と聞く。向後のわしは、京へおもむく用向きも増えよう。近江へは、いかようにも立ち寄れるゆえ、長政殿を大事にするがよいぞ」

そんなおり、朝倉義景《よしかげ》を頼って越前にいた足利義昭《よしあき》から、信長のもとへ遣わされてきた男がいた。名を、明智十兵衛（光秀《みつひで》）という。

もと、美濃斎藤氏の家臣であったが、主君の勘気を買って美濃を追われたあと、朝倉の客分となっているうち、義昭の知遇を得ていた。岐阜城で、信長に目通りを許された光秀は、平伏して口上を述べはじめたが……

「これなるは、もと美濃の住人にして、美濃は明智家の血筋を引きおる、十兵衛なる者にてござりまする。こたびは、畏れ多くも、先の公方、足利義輝《よしてる》様の御舎弟、足利義昭公の使いとて、かく、越前より参上つかまつりましたるものにござりまする。美濃平定と、尾張守（信長）殿におかれましては、かねて、今川義元公御討伐、また、重なる武功の数々、義昭公におかれても感嘆至極にあらせられ……」

するうちに、

「煩《うるさ》いの」と、脇息《きょうそく》に頬杖をついた信長が、いかにも不興気に言い放った。

「は？」

「口上が長い！」

「はは」

「用向きあらば、速《すみ》やかに申せ！」

……この会見の印象を、光秀の立場で言えば、相手は、聞きしにまさる粗野な田舎人名といったところか。だが、朝倉義景などには望むべくもない満々の気迫を、この男は、まさしくその全身より漲《みなぎ》らせ、いやさ、迸《ほとばし》らせているではないか。

用件など、端《はな》から読めていた信長は、即刻、義昭の望み通り、軍勢を伴い上洛しようことを確約した。

ほっと喜色を表わして、謝意を述べようとした光秀の顔は、しかし、信長の続く言葉で強張《こわ》った。

「つきては是非にも、義昭公におかれては、美濃へお移りを願わねばならぬ」

――信長が、天下布武の事業に朝倉義景の介入を許さぬためには、義昭の身柄の確保が絶対の条件となるからであった……。

果たして、光秀が危惧した通り、越前へ戻った彼が信長の意向を報告するや、

「余に、左様の指図をするというか」

と、義昭は不快の念を露わにし、信長の求めに応じようとはしなかった。

＊　＊　＊

翌年の春、天下の情勢には変化が生じた。三好三人衆の担《かつ》ぐ足利義栄《よしひで》が、従兄《いとこ》の義昭を差しおき、将軍の座に就いたのだ。

夏ともなると、焦りを強めた光秀は、意を決して義昭の説得にあたった。

「織田なる者に、御不興は、ごもっとも至極とは存じ上げまする」

恐懼《きょうく》しつつも、強い口調で光秀は言上した。

「なれども、あの者、ただ者にはあらずして、必ずや上様のお役に立とうかと」

「ふむ。公家にかぶれて風流《ふりゅう》好みの、義景めとは違うというか」

「御意。加うるに、事は急を要すと愚考いたしまする」

かくして……ようよう翻意した義昭が、信長の意に沿うべく越前を出立したのは秋口のこと、渋い顔を見せた朝倉義景も、義昭を制止はできなかった。

美濃へ向かった義昭ら一行は、途中、近江で浅井長政の盛んな饗応を受けたのち、岐阜城近くの寺で信長と面会した。

信長は、千貫もの銭に加え、太刀、鎧、武具、馬ほかを献上して義昭を歓待し、まずは平伏して口上を述べた。

「尾張守にござります。こたびの御運び、御慶び申し上げまする」

「いやいや、かねて数々の気遣い、まこと殊勝と存ずる」

この場に及んでも義昭は、信長の心変わりを気にかけ、遠慮がちの態度を崩さなかった。なにせ、朝倉はもとより、上杉や毛利でさえ、いかに彼が書状を送ろうとも、動く気配もなかったのだ。

そんな義昭に、信長は、いとも明快に言い切った。

「このうえは、一刻も早き御上洛を」

それは、三年にわたり鬱屈《うっくつ》を募らせていた義昭を、まさに狂喜させる一言であった。

秋《とき》こそ、今は熟した。

京への出兵に先だち、打ち合わせのため浅井の支城へおもむいた信長は、妹婿となった浅井長政《ながまさ》と会見した。本拠の小谷城《おだに》より出向いてきた長政は、若いながらも、でっぷりと貫禄を備え、実直な田舎の武者を思わせた。

長政が言うに、

「尾張はもとより、美濃も、難なく治まりたるよし。つくづく、尾張守殿のお手並みには感じ入りまする」

長政からは、武将として、彼が信長に払っている尊敬の念が確《しか》と感じとれ、追従《ついしょう》を嫌う信長に、この男の言葉ばかりは追従と聞こえぬところが不思議であった。

「義弟《おとうと》殿、尾張守はなかろうぞ。信長でかまわぬ」

そう、機嫌よく信長は言った。

「ときに、お市は達者であろうか？　身籠もっているやに聞いておるが」

「まこと、息災にてあられまする。それがしも近々《きんきん》、子宝を授かるやに存じ、不肖の身には過ぎたる妻《さい》にて、忝《かたじけ》なさの極みにござりまする」

とまれ、会談の大半は、近江の南半を領する六角義賢《ろっかくよしかた》への対策に費やされた。上洛にあたり、信長は義賢にも協力を要請したが、かねて浅井と対立し、また、三好三人衆と結ぶ義賢は、応じようともせぬのである。

長政は言った。

「六角には、我が浅井家も、かねがね恨みを含むところ。ましてや、公方様の弟君に盾をつくなど、断じて許せませぬ。まあ、奴らの手の内は心得ておりまするゆえ、その段は、この長政めにお任せあれ」

「それは心強きことじゃ。まことにこの信長、浅井殿といい、徳川殿といい、よき縁戚に恵まれたるものよ」

＊　＊　＊

さて、前《さき》の将軍の弟という駒を擁した信長の軍勢は、気勢大いに揚《あ》がり、その雲行きは京に緊張を奔《はし》らせた。

かの、今川義元を倒したのみか、美濃をも併呑した猛将として京の巷《ちまた》に鳴り響いている織田信長が、近く、大軍を率いて押し寄せようというのであった。対して、三好三人衆に、抗戦の構えを崩す気配はない。

事態を憂慮した正親町《おおぎまち》天皇は、重ねての綸旨を信長に宛《あ》て、京における狼藉の禁止と、合わせて内裏の警固を要請せねばならなかった。

九月のはじめ、徳川勢を交えた信長の大軍は、岐阜城を発し、京をめざして行軍を開始した。関ヶ原を抜け、近江路を進むうちには、浅井の軍勢をも加えたその威勢は、滔々《とうとう》と、あたりを払わんばかりとなった。

南近江において、六角義賢を撃破した織田勢が京に迫るや、戦わずして、三好三人衆と将軍義栄《よしひで》は都を逃れ、逐電《ちくでん》した。これを追った織田勢は、大和の松永久秀《ひさひで》を降伏させて、三好や六角の残党を畿内各所で掃討した。

……ひとまずの作戦を終え、京へ返した信長は、改めて義昭を供奉《ぐぶ》し、威風堂々の入洛を果たした。戦闘に伴う略奪が常識とされた戦国の世に、軍規厳正の織田軍は、粛々《しゅくしゅく》と京を制圧していった。

四日後の永禄《えいろく》十一年（一五六八年）十月十八日、足利義昭は、晴れて征夷大将軍に任命された。時に、信長三十五歳、義昭は三十二歳を数えていた。

しかるに……ほどもなく、信長は突如、軍兵《ぐんぴょう》とともに京を払って岐阜城へ戻り、丸腰のまま置き去られたも同然の義昭を、いたく狼狽《ろうばい》させた。

二人の衝突の発端は、将軍拝命を祝う能興業の場で、義昭が、副将軍への就任を信長に要請したことにあった。だが、義昭の魂胆を見透かした信長は、破格と言うべきこの待遇を、きっぱりと固辞して譲らなかった。

――はや、主君面《づら》でもしようというか。

そして、満座において、いきなりの選択を求めた義昭に、はなはだしく興ざめを覚えた信長が、その場で出た挙とは……

さながら、おのれが将軍であるかのごとく、

「畿内の関所は撤廃する」

との、一方的な下知《げち》を発したうえに、顔を歪《ゆが》める義昭に構うことなく、そのまま岐阜へと去ったのである。

この当てつけに、慌てた義昭は書状を送り、信長を「御父」とまで呼んで帰洛を促したが、信長は応じる気色《けしき》を見せなかった。

＊　＊　＊

さて、信長の残した下知は、古来、神威仏法による国家鎮護の役割を担ってきた由緒ある神社仏閣に、少なからぬ動揺を引き起こした。

そもそも、これら守旧の勢力は、戦国の世にもなお各地に広大な所領を保持し、神人《じんにん》や僧兵という名の武力を抱える存在であった。また、その威光を以て商人《あきんど》や職人《てびと》を支配下に収め、領内での営業《いとなみ》を独占させるとともに、冥加金《みょうが》（売上税）などを取りたてた。

これら商人職人の組織は「座《ざ》」と称され、独占を侵そうとする者には、神人僧兵により容赦のない暴力が振るわれた。

聖職とは名のみのこと、大名にも等しい羽振りで、わけても、京にほど近い比叡《ひえい》山中に数々の堂宇を構え、都の艮《うしとら》（鬼門）の守護者を自負する延暦寺《えんりゃくじ》は、京を地盤として莫大な富を成していた。

しかし……そのおもむくところ、内部の腐敗は目に余った。

寺僧や還俗《げんぞく》者のうちには、高利貸しを営んで暴利を稼ぎ、肉食飲酒《にくじきおんじゅ》の戒を破り、果ては女色漁りにうつつを抜かす、放埒《ほうらつ》の徒も稀ではなかった。


では、信長が撤廃を命じた、関所とは……

財源不足に悩む室町幕府は、陸海の要地に関所を設け、通行税を取り立てた。しかるに、やがて各地の土豪や寺社が争ってこれに倣《なら》い、私腹肥やしに狂奔《きょうほん》したため、物の値《ね》は高騰に高騰を重ねる様となっていた。

――痴《し》れごとの極みよ。この日の本は、どこまで腐りおるか。

信長は、独断で関所の廃止を宣したのみか、岐阜城下同様、いずれは「座」の特権をも否定し、営業の自在を促進していくつもりでいた。

だが、そんな彼の目指すところが、旧来の神社仏閣に面白かろうはずもない。

また、一方で……延暦寺など古代以来の寺院とは別に、鎌倉時代に勃興し、土豪や庶民のうちで信者を広げた、新興の仏教宗派があった。その双璧が、戦国期にきわめて強大な勢力を誇った、一向宗と、法華《ほっけ》宗であろう。

ただ、主として農村を基盤とした一向宗と、都市に拠点をおいた法華宗とは、いわば、水と油を思わせた。教義の違いもさりながら、貧しい農民の起こす一向一揆は、しばしば都市で略奪を働き、対抗して町衆らは、防衛のため法華一揆を結んでいった。

天文《てんぶん》元年（一五三二年）といえば、信長の生誕に先だつこと二年、この年、京の町衆を中心とする法華一揆が、京に近い山科《やましな》にあった当時の一向宗の総本山、山科本願寺を襲撃した。

山科本願寺は、応戦むなしく一宇も残さずして焼失し、これを契機に一向宗は、拠点の移動を余儀なくされた。それがすなわち、摂津石山の本願寺なのである。

とまれ、一向勢を放逐《ほうちく》した法華勢は、一気に京での勢力を伸ばした。

だが、それも束の間、四年後には、京の法華寺院のほとんどが、戦火のうちに焼亡した。焼いたのは、延暦寺の僧兵や六角氏の手勢と、これに加担した一向勢で、法華の側も受けて立ち、双方合わせて数万の兵力が京で激突した。

天文《てんぶん》法華の乱と呼ばれるこの戦いは、京の半《なか》ば以上を焼失させ、応仁の乱をも上まわる災禍を出したが、事の起こりは、延暦寺が縄張りとしている京で、かの寺が要求する地代の支払いを法華宗徒が拒んだためであった。

＊　＊　＊

さて、信長が京を去ると、本拠の阿波（徳島県）へ逃れていた三好三人衆が、すぐさま海を渡って反撃に出た。義昭は、仮寓としていた京の寺院を襲撃されて、いっとき、窮地に陥った。

これは、うかつにも信長には、予想のほかの事態であった。義昭とは一線を画すにしても、いま彼を失っては、天下布武のもくろみも水泡に帰する恐れがある。

信長は急遽、岐阜城より義昭の救援に向かい、凄まじい大雪を衝《つ》いて京まで急行した。三好一党は蹴散らされ、京は再び信長に制圧されたが、はからずもこの突発事は、将軍の無力さを天下に曝《さら》す結果となった。

いや、それ以上、信長にとって何よりの戦果は、三好に与《くみ》した和泉《いずみ》の堺《さかい》（大阪府堺市）に威嚇を加えて屈服させ、支配下に置いたことであろう。

堺は当時、有力な町衆の談合のもと、西国や南蛮との交易で繁栄を誇るかたわら、鉄砲の一大産地としても知られていた。情報と、軍需物資の供給に、まさに宝の山のこの町は、周囲の堀や雇い入れた浪人たちの防衛力で、信長の軍門に降るまで、大名の介入ですらも撥《は》ねのけ続けていたのであった。

並行して信長は、義昭の身の安全のため、将軍の居城を京に建設することとした。平地に、堀と石垣を構えた、本格的な平城《ひらじろ》のはじまりである。

築城には、畿内近辺から多数の人員が徴発されて、突貫工事が進められた。石垣には、のちの安土城同様、路傍の石仏などが無造作に断ち割られては埋め込まれ、おおむね信長を歓迎していた京の町衆も、この罰当たりぶりには言葉を失った。

とある巨石を運ぶおりには、これを綾《あや》錦で包み、枝花で飾ったうえで、何本もの太い綱を取りつけ、笛や太鼓で囃《はや》したて、信長自らが音頭を取って、山なす見物衆の前を大勢の人夫に引かせていった。このような、祭仕立てで威勢を煽《あお》り、人々の関心を呼び込む手法もまた、安土築城の際に踏襲されたものである。

この間、率先して工事を督励するため、信長は、白刃をかざして現場に立った。ある時は、京女に悪戯《いたずら》をしかけた雑兵の一人を見咎《とが》め、ものも言わずに近寄るや、一刀のもとにこれを成敗して、居合わせた人々の背筋を凍らしめた。

……わずか三箇月ののち、金銀をちりばめた御殿に、泉水や築山《つきやま》を備えた風雅な庭園をもつ、この二条城は落成した。

それを見届けた信長は、義昭をこの城に据え、岐阜へ戻った。彼には、伊勢全域の制圧という、当面進めるべき別の仕事があったのだ。

＊　＊　＊

一方、この在京中に信長は、南蛮人宣教師ルイス＝フロイスなる者を引見し、ほとんど独断で、都における居住とキリスト教の布教を許可した。

フランシスコ＝ザビエルが、キリスト教を日本へ伝えて以来、二十年……

次々と送り込まれてくる宣教師のうちに、フロイスもいて、初めて京へ昇った三年前、彼は、将軍足利義輝《よしてる》より布教の許可を取りつけた。

だが、義輝は暗殺され、その後の幕府を牛耳《ぎゅうじ》った三好三人衆が宣教師の追放へと動いたため、フロイスらは堺へ難を避けていた。

しかるに、やがて京は信長の制圧するところとなり、思いがけずもフロイスは、いまや日の出の勢いにあるこの武将から、京へ招待される運びとなった。

いまだ、南蛮人と直《じか》に対面したことのない信長が、フロイスに求めたもので、フロイスは無論、喜んでこれを承諾した。

ただ、信長には、南蛮人宣教師との接触にあたり、要らぬ風評を避けたいとの思いがあった。そこで彼は、引見の場をわざと、建設の進む二条城の大手門にかかる、大橋の上に設定した。付近には連日、警備の兵や人夫や工事見物の野次馬どもが雑踏をなし、会見の模様は、否応なく衆人の眼にさらされる。

しかも、事の日時を町衆らにも布告したので、これは珍なる演目とばかり、当日の一条城前には、常にも増した物見の輩が詰めかけた。

普段同様、作業場の座布団代わりに虎皮を腰へ巻いた信長は、工事の指図をしながら、南蛮人の出を待った。今や遅しと、人々がささやき交わすなか、

「退《の》けい。道を開けよ」

と、織田家臣らしき者の声がして、その案内のもと、日本人修道士とおぼしき若い男を従え、黒い南蛮僧衣のフロイスは徒歩《かち》で現われた。

群衆の好奇の視線を背に、大橋まで歩んで、信長の前へ進み出たフロイスは、長身を曲げ、跪《ひざまず》いて一礼をした。なるほど、異形異相の顔立ちながら、歳の頃は、信長とほぼ同年輩と見て取れる。

信長は、工事用に差し渡された材木に腰を掛け、手振りをもって、同じく腰掛けるようフロイスらにも促した。彼らはそれに従い、かくして接見は始められた。

聴衆らにも聞こえる大声で、信長が質問を浴びせ、その逐一に、修道士の通訳を借りつつ、フロイスは応じていった。

「そなたらは、何ゆえに、かくも遠隔の地まで参りたるか？」

「ひたすら、創造主《デウス》の教えを広めんためにて、他にいかなる欲得もなく、命を的《まと》に参ったのでござりまする」

「いかなる欲得も、なきというか？」

「左様、相違はござりませぬ」

「それは、見上げたものぞ。なれば、もし、そなたらの教えがこの国に受け容れられずば、そなたらは帰国するか？」

「いえ、ただの一人にても、信者《もとむるもの》のおる限り、いずれかの者が当地に留まり続ける覚悟にござりまする」

「この国にては、身を慎むべき坊主どもが、隠れて女人を囲うておる。かの、生臭どもの血眼《ちまなこ》なるは、銭金《ぜにかね》と、女色ばかりに尽くるのだ。そなたらは、独身《ひとりみ》と聞くが、女人の体は欲しくはなきか？」

「すべては、創造主《デウス》の御心のうちにありまする。しかして、行いに裏と表を為すは、大罪にてございまする」

「ふむ」

そう肯《うべな》うと、信長は、我が意を得たりと、愉快げに笑った。

「まこと、もっともの道理よな。……しかれば何ゆえ、そなたらの教えは、いまだ、この都にては根付かぬか？」

そこで、フロイスは、力を込めて主張した。

「邪悪なる坊主《ボンズ》らが、ことごとに、我らの障《さわ》りとなるゆえにございまする」

……問うほどに、信長は、この異国の聖職者に好もしさを覚えたのだが、固唾《かたず》を飲んで聴き入る者のうちには、少なからず、剃髪《ていはつ》法衣の仏僧たちも混じっていた。

さて、長い問答を、こう信長は締めくくった。

「委細、苦しからず。そなたらの望み、我が名において、叶《かな》えらるべし」

「おお」

聴き取ったフロイスは、思わず感謝の声をあげた。

と同時に、仏僧の一団より反発の響《どよ》めきが挙がるや、信長は、ぬっと仁王立ちして彼らを指さし、聞こえよがしに言い放った。

「あれなるは、虚仮者《まやかし》ども。そなたらとは、大違いぞ。民を欺き、虚言を好む奴ばらよ。いずれ、鉄槌を下してくれようぞ」

＊　　＊　　＊

かくて、フロイスの願いは達せられたかに見え、信長はよもや、そののち、岐阜城にまで彼が訪ねてくるとは思わなかった。

聞けば、信長が京を離れた直後に、宣教師排斥の綸旨《りんじ》が出されたといい、またも苦境に立たされたフロイスが、善処を訴え出たのである。

そこに、天皇側近の仏僧による策動を嗅ぎとった信長は、彼らの姑息《こそく》さに鼻白んだが、フロイスの訪問は、ことのほか喜ばしかった。布教の許可を、再度、書状をもって確約したのは言うまでもない。

なおかつ、予定以上の滞在をこの客に求め、その間にキリスト教の教義や、地水火風《ちすいかふう》の四元素の性質、日月星辰《じつげつせいしん》の動き、また、諸国の習俗などのもろもろにつき、寛《くつろ》いだ気分のうちに、心ゆくまで質問した。

だが……乾いた砂の、水を吸うがごとく、南蛮の諸知識に魅入られた信長にして、どうにも解せぬことがあった。

――この者らの言う創造主《デウス》が、世の救済に向けて遣わした男とやらは、毫《ごう》も、世の役に立たなんだではないか？

わしに、究めたきもののありせば、そは、世を救うべき、天道ぞ。……

＊　＊　＊

さて、先に伊勢の北半を支配下に置いた信長は、やがて南半をも制圧し、軍勢を率いたまま、その脚で意気揚々と京へ昇った。

しかるに、伊勢に関わる独断専行は将軍義昭を怒らせ、なればとばかり、またも信長は京を払って岐阜へ引きあげた。

憂慮した天皇が調停に乗り出すと、信長は、「五ヵ条の事書《ことがき》」なるものを義昭に突きつけた。天下の件は、信長の意向に従うべしとの内容で、煮え返る肚《はら》のうちを隠して、やむなく義昭はこれを受け入れた。

伊勢を攻略した信長の、次なる標的は、越前の朝倉義景《よしかげ》と定められた。

二条城落成祝賀のおり、信長は近隣の大名らに、将軍の名で上洛指令を発したが、それを義景は黙殺した。

朝倉家は、家格として信長の織田家に勝り、義景には、若干の年下でもある信長など、片腹痛い思いがあった。また、かつて義昭を手元に擁しながら、信長に出し抜かれたとの思いもあった。信長はそこにつけ込み、上洛せぬ義景を将軍への不忠として、討伐の軍を起こしたのだ。

いや、信長の、真の狙いは……

越前を攻略すれば、信長の勢力は本拠の尾張、美濃と伊勢ばかりか、浅井領の近江から、越前にまで連なることとなる。こうして、この国の全体を東西に分断するのが、新たなる彼の戦略なのであった。

天下布武に向け、すべては順風満帆《まんぱん》に運んでいるかに見えた。ところがそこに、思いもよらぬ陥穽《かんせい》が待ち受けていた。

五、信長不覚——浅井の寝返り

将軍に「五ヶ条の事書《ことがき》」を突きつけてほどなくの、元亀《げんき》元年（一五七〇年）春、朝倉を討ち果たすべく颯爽《さっそう》と京を出陣した信長は、浅井長政《ながまさ》のよもやの寝返りにより、絶体絶命の窮地に立たされた。

金襴の鎧《よろい》に金飾りの太刀、見事な黒駒に跨《また》がる華麗な出で立ちで越前へ攻め入った信長は、破竹の快進撃を続けていた。

しかるに、金《かね》ヶ崎城（福井県敦賀市）を落とし、いざ、朝倉との決戦を目前にした時、近江に留まっていた浅井長政が、突如として朝倉に呼応した。ために、信長の軍勢は挟み撃ちとなり、退路を塞《ふさ》がれてしまったのだ。

長政に限ってと高《たか》を括っていた信長は、早馬がもたらした、青天の霹靂《へきれき》というべき報せに、思わず我が耳を疑った。

「たわけたことを！」

と、はじめ、伝令の使者に怒鳴り散らしたほどであったが、同様の注進が相次ぐにつれ、浅井の離反は紛れもなき現実であると知れてきた。

——おのれ、血迷いおったか、長政めが……

顔面からは、血の気の引いてゆくのが感じられた。

なれば、この上は、進んで朝倉と当たるか？　退いて、浅井と当たろうか？　いずれにせよ、挟撃される不利は覆いがたく、しかも後方よりの兵站《へいたん》は断たれていて、到底のことに、長くは戦い得なかった。

声なき声が、不意に呼びかけてきたのは、全軍潰滅という悪夢が信長の脳裏を掠《かす》めた、その時であった。

——またも、「彼奴《あやつ》」か。

そう、信長は直感した。いま一人のわし、とやらであろう。桶狭間の戦さのおりにも、同様の覚えがあって、このたびその声は、「逃ぐるに、如《し》かず」と告げてきた。

刹那に、肚《はら》は定まった。外聞もなき、遁走《とんそう》である。

そうと決めたうえには、急がねばならぬ。彼は、直ちに諸将を招集した。

「浅井の逆心じゃ」

屹度《きっと》言い渡すと、将らは、動揺を隠さなかった。

「狼狽《うろた》えるな。総退《の》きじゃ。わしは、先駆けて京へ戻る。そちどもは、めいめいに退《ひ》け」

……指令を受け、それぞれの部署へ慌だしく散ってゆく諸将のうちで、一人、その場に残った者がいた。美濃攻めの頃から信長の眼に止まり、めきめきと頭角を現わしてきていた、木下藤吉郎秀吉であった。

「何じゃ、猿《さる》（秀吉）。早う行かぬか」

「お屋形《やかた》様、殿《しんがり》を、是非ともこの猿めに」

「なんじゃと？」

さしもの信長が、よいのかと問い質《ただ》した。退却時の殿《しんがり》とは、いわば捨て石にほかならず、それを自ら買って出るとは天晴《あっぱれ》な覚悟と言おうか。加えて、小才のきくこの男を、ここで失うのは惜しい気がせぬでもなかったが、迷っているほどの暇もない。

「よかろう。抜かるでないぞ」

「有り難き仕合わせ」


かくして信長は、人目を避けるべくわずかな側近のみを連れ、残された退路である近江湖西《こせい》の山道へ向けて急行した。……行く手には難所あり、また伏兵や、落ち武者狩りの者どもの待ち伏せも予想され、命からがらの逃避行となろう。

桶狭間の戦い以来十年、信長が、生命の危機を感じたことは久しく無い。それが、よりにもより身内の寝返りで、あっさりと破綻を来たしてしまうとは……

さて、部将らが、それぞれの手勢を率いて金ヶ崎城を去ったのち、秀吉は城内に、おびただしい数の旗指物《はたさしもの》を立てさせた。大軍が留まっているかに見せかけて、その間に友軍の大半を撤退させたうえ、機を見て自らもその場を離脱していった。

……他方、信長らの一行は、さまざまの窮地を切り抜け、辛《から》くも京へ逃げ戻った。だが、一挙にして、その面目は失墜した。

気遣った天皇よりの使者にも、信長は会おうとはせず、撤収してきた軍勢を各所の城へ配置させると、とりあえず岐阜へ退くこととした。

しかるに、岐阜への要路にも敵勢が犇《ひし》めくなか、彼ら一行は再び少人数で、鈴鹿を越え、ひとまず伊勢へ抜ける峠の細道をたどった。

轟音とともに、信長の衣服の袖を銃弾が掠《かす》めたのは、山越えの途上であった。

わずか十数間の間近より放たれた危機一髪の弾丸は、待ち受けていた敵の刺客が、狙い定めて放ったものだ。

這々《ほうほう》の体《てい》で、岐阜城へ戻り着いた信長は、ひとり嘯《うそぶ》いた。

——いまだ、天運は我にある。この信長が失わるるこそ、天下の一大損失よ。

……それにつけても、長政寝返りのこの一件は、まったくの意想外、憤懣《ふんまん》やるかたない最大の不覚、もってのほかの屈辱であった。

なぜ、長政は寝返ったか？

浅井と朝倉は、かねて血縁の深い間柄にある。また長政は、同盟者たる自分を、ややもすれば家臣のごとく扱う信長に、内心で不満を募らせていた。それ以上に、律儀者の長政には、将軍に対する信長の不遜な態度が目に余ったか。

だが、理由の詮索が何になろう。

人知れず、信長は、呻《うめ》いたのであった。――この、甘かりしおのれを、断じて、断じて、赦《ゆる》せようものではない。


ただ、それとは別に……釈然とせぬ思いにも彼は満たされた。

あの、「逃ぐるに、如《し》かず」との声は、何であったのか？　まして、その声に従っての成り行きが、味方の蒙《こうむ》るべき損害を、最小限度に留めた事実に思いいたれば……

そして、そんな信長の夢に、またも「彼奴《あやつ》」は現われてきた。

「出おったな。やはり、そちか」

「そうよ」

と応じた、いま一人の信長は、金襴の鎧に金飾りの太刀を佩《は》き、そのゆえのみであろうか、姿は光り輝いていた。

「そちの命にして、真《まこと》の信長よ。浅井の寝返りなど、見越しておった」

「なれば、何ゆえ早くに教えぬのだ」

苛《いら》だちを覚えて詰《なじ》った信長に、いま一人の信長は応じた。

「ここしばし、そちが浮かれ立ちおるゆえ、黙って見ておったのよ。わしの助けを、頼みとしてはなるまいぞ」

「ふん。頭は冷えたわ。ときに、礼を言わねばならぬな」

「礼など要らぬ。そちは、わしでもあるがゆえに。……礼なれば、親様に言うがよい」

「その、親様とやらは、何なのだ？」

「そちが思うところの、『天』なるぞ」

＊　＊　＊

さて、臥薪嘗胆《がしんしょうたん》して二箇月ののち、岐阜城で大軍を立て直した信長は、浅井討伐に向け、再び近江へ出陣した。

重なる敗北は、許されぬ。

とはいえ、長政の籠もる小谷城《おだに》（滋賀県湖北町）は、急峻な山上にあった。徳川の加勢を得て、圧倒的に織田方が優勢といえども、攻城には苦戦が強いられよう。

ために信長は、長政を憤激させて野戦に引き出すべく、付近の農村といわず田畑といわず、手当たり次第に火を放たせた。

そのかたわらで、信長には、小谷城にいる妹のお市《いち》が案じられる。

いや、今は仇と変じた浅井家と、さっさと袂《たもと》を分かち、織田家へ戻ろうとせぬお市には、不信の念すら募っていた。

お市には前々より、本心を測りあぐねるところがある。表向き、彼女が信長に見せてきた従順さは、どこか取り繕《つくろ》われたものを思わせる。おそらくは、信長が弟の信行を殺した件で、いまだ心の蟠《わだかま》りを解けぬのであろう。

一方、小谷城中で、じりじりとしつつ信長の挑発を堪《こら》えていた長政は、朝倉勢が援軍に駆けつけるや、ただちに城を打って出た。ここに、織田・徳川と、朝倉・浅井の両軍は、付近の姉川《あねがわ》を挟み対陣した。

わけても、家康の胸中は複雑であった。長政に対する凄まじい信長の怒りは、そのまま家康へも、猜疑の心となって向けられていよう。

かくして、遺恨を含んだ両軍は、姉川のほとりで真正面から激突し、戦国の戦さのうちにも稀に見る、壮絶な消耗戦を展開した。両軍、押しつ返しつ入り乱れるなか、徳川勢の奮闘は際立ち、姉川は、一面が血の緋《あけ》色に染められた。

……双方、おびただしい死傷者を出したこの合戦は、世に織田・徳川方の勝利と伝えられるが、実態は、痛み分けにも等しかった。

小谷城の攻略はならず、近江を舞台に織田と浅井の対峙は続いて、この形勢を見た三好三人衆は、信長への抵抗を再開した。

と同時に、将軍足利義昭と、これを傀儡《かいらい》のごとく扱う信長との間は、上辺《うわべ》で平静を装いつつ、暗闘の様相を呈していった。

義昭は、各方面へ密かに書状を送り、反信長連合の形成を画策しはじめた。

＊　＊　＊

……姉川の戦いののち、四箇月を経た元亀元年の秋、驚天動地《きょうてんどうち》の事態が、またも信長に降りかかった。摂津石山の本願寺近辺で、三好勢の籠もる砦を攻め立てていたさなかに、本願寺が突如、全国の門徒へ向けて打倒信長の檄《げき》を飛ばしたのだ。

本願寺法主《ほっす》の顕如《けんにょ》はそれまで、信長が要求した巨額の矢銭《やせん》（軍資金）の供出にも応じるなど、恭順の意を表わしていた。しかし、信長の動向にようやく不安を覚え、この決断をしたのであった。

その裏には、義昭の働きかけがあり、顕如は朝倉や浅井とも通じていた。そしてこれが、足かけ十一年にもわたる、血みどろの石山合戦の幕開けとなった。

蜂起した一揆の衆は、各地で織田勢に襲いかかった。すかさず、浅井がこれに呼応し、越前からは朝倉勢も出陣した。

とりわけ、近江を塞《ふさ》がれたことで、岐阜との往来の補給路を断たれ、織田勢は孤立した。この間、森可成《よしなり》（蘭丸の父・蘭丸は六歳）は近江で討ち死にし、救援に向かった信長の弟までが討ち取られた。

ただちに摂津を引き払った信長は、敵方へ走らせぬよう遠征先まで帯同させていた義昭とともに、いったん京へ戻った。

敵方には、本願寺と朝倉・浅井に、三好三人衆や六角氏が加わり、延暦寺も、比叡山中に朝倉勢の駐屯を認めて、敵対の意志を露わにした。信長の強い抗議の談判に、延暦寺は、せせら嗤《わら》って応じなかった。

のみならず、尾張へさえも、隣国伊勢の長島《ながしま》に拠る一向一揆が攻め入ろうとし、信長の別の弟が、国境いの城を枕に滅びたという。

……今や、四面楚歌の窮地で信長は、「彼奴《あやつ》」の出現にいつしか期待を寄せる、おのれの心に気がついた。だが、このたび声なき声は聞こえることなく、いたずらに時は過ぎて、事態は悪化に悪化を重ねていった。

万事は休したと見えた時、思い至った苦肉の策が、将軍を通じ、天皇の調停を引き出して、なりふり構わず和睦に持ち込む一手であった。

ために信長は、義昭の策動には素知らぬふりを装いつつ、

「かかる畿内の争乱は、将軍の不徳」

と断じて、義昭に迫った。

「なれば、速やかにこれを収むるべく、御帝《みかど》を動かすこそが、将軍たる者の務め」

であると。

囚われの身も同然の義昭は、これを断れず、かくして天皇より出された和睦勧告の綸旨を、朝倉や浅井が拒否することはできなかった。

とはいえ、圧倒的な劣勢に立たされる信長は、さらに、「天下は朝倉殿持ち給え。我は二度と望みなし」との、惨めな起請文までを認《したた》める羽目となったのである。

ようようにして囲みが解かれ、岐阜城へ戻ることのできた信長は、満腔《まんこう》の屈辱の思いに煮え滾《たぎ》った。と同時に、「彼奴《あやつ》」を頼んだ下卑《さも》しいおのれの心根《こころね》にも、すこぶる腹を立てていた。

無論、もとより彼が、天下布武の大義から手を引くつもりはさらになく、明けた年には、和睦など反古《ほご》同然となっていった。

ところで、岐阜において信長は、伊勢の長島に拠る一向一揆の制圧という、火急の課題を抱え込んだ。

長島は、揖斐《いび》川・木曽川・長良川が、下流で合したところの広大な中州《なかす》の島で、伊勢と尾張の国境いにある。そこを拠点とする一揆衆は、大半が水運を生業《なりわい》とする川の民だが、同時に、尾張の喉元を脅かす厄介な存在でもあった。

信長は、自ら大軍を率い、長島に向けた大攻勢を展開した。しかし、おりからの五月雨《さみだれ》と濁流に阻まれた織田勢は、かえって一揆衆の遊撃戦に翻弄されて、甚大な損害を喫した末に退却した。

＊　＊　＊

「叡山《えいざん》（延暦寺）を焼け。一宇たりとも、残すな。居合わせた者は殺せ。一人たりとも、余さずじゃ」

決然たる口調で、かく信長が言い切った時には、諸将が顔色《がんしょく》を失った。本願寺の決起より丸一年を経た、元亀二年の秋である。

大軍とともに、またも岐阜城から近江路へ乗り込んだ信長は、このたび、なぜか浅井の小谷城には構うことなく、琵琶湖に沿って全軍を南へ向かわせた。

その意図を訝《いぶか》る諸将に、突如明かされたのが、琵琶湖南端の西方に位置する、比叡山と延暦寺への焼討ち命令であった。

……とかくの悪評ありといえども、いやしくも延暦寺は、古来、皇室とも深い関わりを保つ、第一等の国家鎮護の寺である。これを焼くなどしては、いかなる仏罰、応報、また、世上の非難を浴びるやは、はかり知れようものではない。

「畏れながら……」

と、信長を諫《いさ》めた明智光秀ら二、三の将は、

「敵に贔屓《ひいき》せば、成敗するとは、すでに先刻伝えておる。しかれば、僧も俗もなし。不逞《ふてい》の輩《やから》は、討つまでのことと言うておるのじゃ」

との、言葉の前に沈黙した。

実のところ……信長が諸将に指示した延暦寺攻撃の日付は、前年に、本願寺が反信長の狼煙《のろし》をあげた、まさにその日にあたっていた。信長が、延暦寺の殲滅《せんめつ》を命じた意図は、ほかならず、本願寺に向けての強烈な威嚇、見せしめでもあった。

……その日の払暁《ふつぎょう》、比叡山を密かに包囲した信長の軍の先頭には、桔梗《ききょう》の旗印を掲げた明智光秀の手勢がいた。彼が配されたのは、比叡山東麓にある延暦寺の門前町、坂本で、延暦寺の、いわば玄関口にもあたっていた。

当時の彼は、将軍義昭の家臣であるかたわら、信長のもとへ出向いて働く立場にあった。京都奉行として、比叡山の地勢の調査を仰せつかったこともある。

そのおりに抱いた、悪い予感は、最悪のかたちで的中した。信長を諫めたものの、容《い》れられず、逆に先陣を言い渡されて坂本へ向かった光秀には、凍りつくかの刻限が迫ってきた。意を決し、突入を号令するや、明智勢の振りかざす松明《たいまつ》により、坂本の町中《まちなか》は、いたるところが紅蓮《ぐれん》の炎に包まれた。

これを皮切りに、聖なる比叡の山は、おびただしい血潮に染まり、かつは、燃え盛る炎の舌に舐《な》められた。

けたたましく、敵襲を告げる早鐘が鳴り響くなか、どっと鬨《とき》の声を挙げ、四方《よも》より山中へ踏み入った信長の軍勢は、僧兵らを蹴散らし、堂塔伽藍にことごとく火を掛けながら、根本中堂《こんぽんちゅうどう》（延暦寺本堂）をめがけ攻め上った。

しかるに……それは惨劇の、ほんのはじまりというに過ぎなかった。

凄まじきはむしろ、戦闘そのものではなかったのだ。居合わせた者らを見境いなく捕えさせた信長は、行いの理非を質《ただ》すことなく、片端から頸を刎《は》ねさせた。うちには、人望の高い僧侶ばかりか、遊女らしき女や、愛玩用の稚児らまでもが混じっていた。

そして……殺戮《さつりく》の嵐が吹き過ぎたあとの比叡山では、秋風に揺れる薄《すすき》ばかりが、人々の、哀れを誘ったのであった。

――女犯戒《にょぼんかい》すら知らぬ、生臭どもが。仏罰なれば、おのれらが、存分に当たるがよい。この信長が、天に代わりて成敗したというまでよ。

……かくして、古代より威勢を保った武力集団としての延暦寺は、偉容を誇った数多《あまた》の堂宇もろとも滅亡した。

それは、まさしく天魔の所業と世上を震撼《しんかん》させ、権威といえども容赦はせぬとの決意を見せつけられた神社仏閣は、本願寺を除き、信長に逆らうことがなくなった。

＊　＊　＊

さて、この事件に先だち、東海においては、義元亡きあと、息子の氏真《うじざね》の代に見る影もなく衰退した今川氏が、東から武田信玄《しんげん》、西から徳川家康の挟撃にあって滅びていた。

武田信玄は、甲斐《かい》（山梨県）を本拠に、強きこと天下無双と謳《うた》われる騎馬軍団を擁し、「甲斐の虎」の異名をとる老獪《ろうかい》な知将である。

もともと、今川との間に盟約を結んでいたが、氏真《うじざね》に愛想を尽かして今川領へ攻め入り、これに家康が便乗した。氏真はあっけなく降伏し、旧の今川領は、駿河を武田が、遠江《とおとうみ》を徳川が、それぞれ押し取った。

家康は初めて、東方へ大きく勢力を広げたものの、手放しで喜ぶわけにはいかなかった。結果として、広域にわたり武田と領地を接した事態に、東方防衛のため、彼は居城を三河の岡崎より、遠江の浜松に移した。

その武田信玄が、これまで畿内の動向には静観を装い、信長との敵対をあえて先送りにしてきたのは、信玄が別の宿敵、すなわち「越後の龍」こと、上杉謙信《けんしん》との対立を抱えていたがゆえにであった。

だが、情勢は変わりつつあり、信長の次なる危機は、満を持して「甲斐の虎」が動いた時に訪れた。

将軍義昭と内通する信玄は、延暦寺を焼討ちした件で、激しく信長を非難した。そして、翌元亀三年（一五七二年）冬のはじめ、ついに信長打倒を掲げ、大軍をもって甲斐を進発したのである。

武田勢が、まず血祭りにあげんとしたのは、徳川家康の守る浜松城であった。対して、多方面での戦いを強いられていた信長が、家康に差し向けることのできた援軍は、わずかな数に過ぎなかった。


――織田は、さんざん功ある我ら徳川を、かかる窮地に見捨てるか？

家康は、家臣らの抱くそうした疑心暗鬼と、三河武士の意地にかけても打って出るとの声を、懸命に抑えなければならなかった。籠城により、ともかくにも時を稼げというのが、信長からの、厳然とした要求なのだ。

遠江へまで侵入した武田の大軍が、いよいよ迫ると、風前の灯火となった浜松城内には、重苦しい緊迫が垂れ込めた。

しかるに……

意外や、城を目前にしてなぜか敵勢は、西方の三方《みかた》ヶ原へと進路を転じていくではないか。あたかも、家康ごときは無視し去るとでも言わんがごとく。

眼の前で展開されるこの様に、舐《な》めるなとばかり、徳川勢はいきり立った。日頃沈着な家康ですら、驕《おご》る信玄が隙を見せ、わざわざ、追撃の絶好機を与えてくれたかと、判断を誤った。

だが、それは、罠《わな》であった。

勇躍して城を打って出た徳川勢に、まんまと敵を誘《おび》き出した信玄は、素速く軍勢を反転させるや、火を噴くばかりの猛攻撃に転じてきた。

……家康は、完膚《かんぷ》無きまでの大敗北を喫し、命からがら浜松城へ逃げ戻った。彼が命を拾えたのは、城攻めに手間どるのを避けた信玄が、信長との決戦に向かってくれたおかげであった。

家康惨敗の報を、岐阜城で聞いて、信長は歯噛みした。信玄は、怒濤のごとく西を指し、両雄の激突はいよいよ迫ったかに見えた。

六、信長の逆襲

さて、徳川家康を、鎧袖《がいしゅう》一触した武田信玄であったが……

間もなく届いた報せには、ただただ、唖然とするほかはなかった。信長を挟撃すべく、近江へ出陣していた朝倉義景が、何を思ってか、越前へ軍を引いたというのである。

この愚挙に、天を仰いだ信玄には、さらなる不運が襲ってきた。

彼は陣中で病いに倒れ、三河まで達していた武田勢は、そこで撤退を余儀なくされたうえ、甲斐への帰路、五十三歳にして信玄は没した。

一方、陰で反信長の策動を続ける将軍義昭に、もはやその利用の効を見切った信長は、義昭の失政を事細かに論《あげつら》った、いわば絶縁状を突きつけた。

対して、武田信玄の来援を頼む義昭も、ここに来て信長との対決姿勢を隠そうとせず、信玄が家康を撃破したことで、その意はますます強まった。

決断の時が、信長にやってきた。

信玄の身に異変が生じたことを掴むや、信長はまず明智光秀に命じ、京の手前に構築された義昭の防衛陣を突破させた。光秀は、すでに義昭を見限って、正式に織田の家臣となっていた。

このの ち信長は、自らが京へ攻め上り、義昭の勢力を粉砕した。降伏した義昭は京を追放され、元亀《げんき》四年（一五七三年）七月、二百有余年にわたる命脈を保ってきた室町幕府は、名実ともに滅亡した。信長、四十歳のことである。

その直後、朝廷は、かねてよりの信長の希望を容れ、「元亀」から「天正《てんしょう》」と、元号を改めた。かくして、改元という朝廷の大事に容喙《ようかい》した信長は、他方で、自らの家臣を京の所司代《しょしだい》に任命し、室町幕府なきあとの京の統治に当たらせた。

＊　＊　＊

ほどなく、浅井長政の小谷《おだに》城をまたも包囲した信長は、救援に出向いた朝倉義景の軍勢と対峙した。だが、頼みの武田信玄はもはや亡《な》く、機を見るに鈍《どん》な義景に愛想をつかした朝倉の部将のうちには、寝返る者が続出した。

朝倉勢は、ろくに戦わぬまま退却をはじめ、これを信長は激しく追撃した。越前の本拠、一乗谷《いちじょうだに》を放棄して逃亡した義景は、一族からも寝返られた末に自害した。

ただちに近江へ取って返した信長は、羽柴（木下を改姓）秀吉をして、今や孤立無援となった小谷城を攻め立てさせた。

覚悟を決めた長政は、妻のお市と三人の娘、そして自らの母親を、敵将の秀吉に託して信長の陣へ引き取らせると、燃え上がる本丸に昇り自刃した。

信長が、知るや、知らずや……浅井家中で孤立したお市を、庇《かば》い続けてきたのが長政で、その恩義を深く感じるお市は、夫ともどもの死を望んだが、長政がそれを許さなかった。時に長政二十九歳、お市は二十七歳、六年に満たぬ夫婦の仲であった。

……兵営の陣幕の内で、信長は、救出されたお市と対面した。お市のかたわらには、彼女を保護した秀吉が、地に片膝を突いて控えていた。

床机《しょうぎ》に座する信長は、「無事で何より」とも、ねぎらいの言葉なりとも、この妹にかけてやりたく思っていたが……無言のまま立ち尽くすお市は、今は涙も涸れ果てたか、ただ、恨めしげなその眼が兄を拒んでいた。

兄妹の再会に、何がしかの情を期待していた信長は、かける言葉を失った。

「もうよい。下がらせよ」

そう、秀吉に命じてお市を退出させた信長からは、すでに兄の顔は消え去り、

「長政めの首を、これにもて」

と、武将としての指図が冷たく発せられた。

やがて、運ばれてきた長政の首を実験しつつ、信長は苦虫を噛んだ。

――お市よ、いかにしても、わしを恨むのか。……わしは、この男が嫌いではなかった。

憎き裏切り者なれど、降伏せば、助命する気はあったのだ。

こやつを城に追い詰めながら、なお攻め入らず、城下に付け火を重ねたは、降伏を促さんがためとなぜ悟らぬ。

いや、こやつは、すべてを心得ておった。心得ながら、あえて、わしの計らいを無にしおった。よくぞやの不信で、この義兄《あに》に報いてくれたるものよ。……

思えば、浅井の横槍により、天下布武には何たる廻り道をしたことか。あの寝返りさえなくば、朝倉は三年前に滅び、義昭の画策による本願寺の敵対もなく、信玄とて、手も足も出しようがなかったはずなのだ。

その後、信長は、おのれの甘さを捨て去ったつもりでいた。だが、長政の首を前にして、妹のためこの敵を助命せんとした、今さらながらの、おのれの甘さよ。

心の裡《うち》で、彼は哭《さけ》んだのであった。

――この、浅ましき乱れ世に、酷薄非情たり得ずんば、天下布武など覚《おぼ》つかぬ。わしは、世直しのため、鬼たらん。夜叉《やしゃ》ともならん。

彼は、投降した女は殺さぬとの戦国の通例を破り、長政の母に、残虐きわまる処刑を課した。長政の側室の男児は、逃亡先で、見つけ出されて磔《はりつけ》とされた。将来の禍根は、芽のうちに摘み取っておかねばならぬ。……

さて、事態が片づくと、浅井旧領の北近江は、その攻略に功のあった羽柴秀吉に与えられた。秀吉は、晴れて国持《くにもち》大名に出世を果たし、琵琶湖東岸の今浜の地を「長浜」と改めて、そこに居城を建設した。

長浜とは、信長より、下《しも》の一字を戴《いただ》いたものである。大名ともなりながら、「猿」と呼ばれて平気で尻尾を振る、臆面もない秀吉の追従ぶりには、さしもの信長が苦笑いを返すばかりであった。

明けて天正二年（一五七四年）元旦、岐阜城に参勤した大名や公家衆らと祝宴をもった信長は、彼らを引き取らせたあと、黒い漆塗りの箱を側近の者に展示した。

三体の髑髏《どくろ》が、箱の中には置かれていた。浅井長政と父の久政、そして朝倉義景の首級だといい、それを肴《さかな》に祝宴の続きをと、信長はすこぶる上機嫌であった。

＊　＊　＊

その年の春、朝廷より、従三位《じゅさんみ》という高位にいきなり叙《じょ》された信長は、以前とは態度を変えて、これを受け容れた。かつての将軍義昭を凌ぐ待遇で、無論、他の大名らには格段の差をつけたのである。

これまで信長は、朝廷との関わりなどほとんど無視して、思いのごとく振る舞ってきた。他方、朝廷にとり、かの延暦寺すらも焼き払った信長が在野のままこそ、こよなく不気味の事態にほかならず、あえてこの措置に出たのであった。

ほどなく信長は、東大寺正倉院に宝物として保存されてきた、蘭奢待《らんじゃたい》とよばれる香木の切り取りを正親町《おおぎまち》天皇に所望した。そのような要望を天皇が認めた例は、室町幕府歴代の将軍においても稀であったが、信長は、強引に迫って勅許を取りつけた。それは、とりも直さず信長が、並の将軍以上に遇されることを意味していた。

そしてこの頃から、徳川家康に接する信長の態度も変わっていった。家康を、あたかも臣下のごとく扱いはじめたのであった。

*　　*　　*

同じ年、信長は、過去に何度か煮え湯を飲まされてきた伊勢長島の一向一揆に、徹底した大攻勢をかけてこれを滅ぼした。

信仰心に燃える一向宗徒は、たとえ降伏させたところで、機を見ては反抗し、死ぬこそが救いとばかりに刃向かってくる。業を煮やした信長のとった手段が「根切《ねきり》」、すなわち、容赦なき皆殺しであった。

夏のはじめ、信長は大軍を動員して、中州《なかす》の長島を陸川海から厳重に包囲した。付近の門徒は、妻子ともども、長島にある五つの砦に追い込められた。

織田勢は、まず手前の二つの砦に攻撃を集中し、大筒《おおづつ》を放って塀や櫓《やぐら》を粉砕した。砦の内で女子供が怯え騒ごうと、降伏の申し出は断固、撥ねつけた。

……夏も終わる頃、空腹に耐えかね、夜間の風雨に紛れて脱出を試みた一方の砦の者は、男女ことごとく撫で切りにされた。

もう一方の砦には、なぜか退去が認められたが、それとて、無慈悲を貫く作戦のうちに過ぎなかった。退去した者のすべてが残る砦に追い込まれたため、一揆勢の兵糧はさらに枯渇した。

やがて秋となり、餓死する者が相次ぐなかで、精根も尽き果てた第三の砦が降伏を申し出たところ、信長は、これを許すと見せかけた。

しかるに、川舟で撤収してゆく一揆勢には、岸辺から、鉄砲の一斉射撃が浴びせられた。騙《だま》されたと知るや、男らは下帯ひとつで川に飛び込み、岸へたどり着けた者は抜刀して、織田陣めがけ、死にもの狂いに切り込んだ。

そして、残る砦にも、悲惨な最期が待ち受けていた。幾重もの柵でまわりを囲み、脱出を阻んだうえで、四方より放たれた火が、砦の者を余さず焚殺《ふんさつ》したのであった。

＊　＊　＊

翌天正三年（一五七五年）夏のはじめ、信長は、武田信玄の子、武田勝頼《かつより》にも、ついに大打撃を与えるにいたった。

信玄の死後も、天下無双と謳《うた》われた武田の騎馬隊は健在で、徳川の所領をしきりに脅かす勝頼に対し、家康は、長篠《ながしの》城（愛知県鳳来町）を奪い返して反撃した。

長篠は、三河東部の要衝で、これを再び奪取すべく、勝頼が大軍をもって長篠城を包囲すると、家康は信長に援軍を要請した。

長島の一揆を屠《ほふ》った信長は、ただちにこれに応じ、十九歳になる嫡男の信忠《のぶただ》とともに、武田を上まわる大軍を率いて岐阜城より出陣した。

――もう、はや、十五年か。あの時も、かようの梅雨空であったわ。

途中、尾張で熱田《あつた》神宮に寄ると、信長の脳裏には過去の記憶が甦《よみがえ》った。「あの時」とは、無論、桶狭間の戦いの時である。

天下布武など思いもよらなかったあの時、信長は命を捨てる覚悟でいた。ただ、吉乃《きつの》や子供らの行く末ばかりは、さすがに気がかりであったものだ。いま引き連れている信忠が、まだ四歳の時である。

そういえば、今川の手勢のうちには、家康もいた。まかり違えば、総崩れとなった今川勢もろとも、家康は討ち取られていたやもしれぬ。その家康の助勢に、こうして行くか、と思うと可笑《おか》しかった。

八年前、徳川家へ輿入れさせた、娘の徳姫は達者であろうかとも思う。

ときおり里帰りはしてきたものの、戦さに忙しい身には、長く相手もしてやれなかった。親の欲目か徳姫は、岐阜城の庭園に夏過ぎて咲く、白く可憐な芙蓉《ふよう》の花を思わせる。もう十七歳、娘盛りである。

……そのような回想から我に返ると、改めて信長は、これより向かう戦さの持つ、重大な意味を噛みしめた。

世間にはいまだ、織田よりも、武田が強いかのごとき風評がある。この際、武田にも、世間にも、目に物を見せてやらねばならぬ。

――桶狭間では、神風かとも思える嵐に助けられた。こたびは、わしが神風を吹かせてくれるわ。熱田の神にも祈願はせぬが、いま一人のわしとやらも、要らぬ手出しは無用のことぞ。

はからずも、夢のうちなる「彼奴《あやつ》」を、やはり、どこかで気にしているおのれに苦笑しつつも、信長には自信があった。この戦さには、おびただしい数の鉄砲隊を揃えたうえに、敵の騎馬隊の突進を防ぐべく、秘策を練っているのである。

さて、熱田を進発した信長は、三河で家康の本隊と合流し、武田勢の包囲する長篠城へと向かった。

城の手前、設楽原《しだらがはら》で全軍を止めて横に展開させると、軍勢の一部を物陰に潜ませ、敵の眼から隠すかたわら、陣の前面には頑強な柵を敷設した。

この地まで、敵を誘《おび》き寄せようとの作戦に、果たして、武田軍は長篠城の囲みを解き、織田・徳川連合軍の対面に押し出してきた。

――嵌《はま》りおった。

と、信長はほくそ笑んだ。

長篠城を前にして、わざと進軍を止めた信長の動きを、若い勝頼は、織田軍が臆したか、あるいは、後続の軍勢がまだ到着せぬゆえと見誤ったのだ。なれば、勢いにまかせ、攻勢をかけるに如《し》くはない、と。

かくして戦いは、鼕々《とうとう》と打ち鳴らされる押しの陣太鼓に鼓舞された、武田騎馬隊の突撃によって始まった。対する織田・徳川方は、前面の柵で騎馬の突進を防ぎつつ、ずらりと並べた鉄砲隊が、轟然《ごうぜん》と一斉射撃で応戦した。

……早朝より午後にわたった戦いは、鉄砲の威力をまざまざと見せつけた織田・徳川方の、ほとんど一方的な圧勝で幕を閉じた。

この、いわゆる長篠《ながしの》の戦いで、武田方は名だたる武将の多くが、騎馬の突撃を繰り返しては鉄砲の餌食となり、潰滅的な打撃を被って退いたのであった。

＊　　＊　　＊

同じ年の秋、信長は、越前の一向一揆にも討伐軍をさし向けた。朝倉を滅ぼして領国とした越前で、またも一向一揆が蜂起していたためである。

伊勢長島と同様に、酸鼻《さんび》を極めた「根切」がまたも展開され、再び手中に落ちた越前には、織田家譜代の重臣、柴田勝家《かついえ》が据えられた。

だが、越前を制したがゆえに信長は、かつて、武田信玄に備え誼《よしみ》を結んだ「越後の龍」こと上杉謙信と、ここで初めて緊張を孕《はら》む関係に立った。

七、安土城の建設へ

さて、信長が、東国の雄たる武田氏を撃破したことは、それまでの彼の戦歴とは違う、特別な意味合いを持った。そもそも「征夷大将軍」なる称号は、古代の朝廷が、東国征伐へ向かう軍事司令官に与えたもので、朝廷ではこれを機として信長を将軍に任命し、織田幕府を開かせる意向を固めるにいたった。

その表われが、信長を、権大納言《ごんだいなごん》ならびに右近衛《うこのえ》大将に補任したことであろう。かつての幕府開設者、源頼朝は右近衛大将で、足利尊氏は大納言であった。

信長の動向は脅威だが、将軍として幕府を開かせてしまえば、とりあえず、彼を朝廷の下風に立たせることはできるのである。

一方、そうした思惑など知らぬげに、信長は、尾張と美濃の二国並びに岐阜城を、織田家の家督もろとも嫡男の信忠《のぶただ》に譲り、新たなる拠点造りに取りかかった。すなわち、安土城の建設である。

武田の脅威がひとまず遠のいた今、居城をさらに西へ寄せ、京に肉迫させることは可能となった。同時に、本願寺への圧力を一層強化し、北方、上杉謙信の脅威にも備えられる戦略拠点、それこそが安土にほかならぬ。

いや、それ以上に信長は、一介の大名家の家督ではなく、「天下人《てんがびと》」として歩み出す決意を固めたのであった。天下布武は、ここに新たな局面を迎えていた。

明けて天正四年（一五七六年）正月、梅の香の匂うなかで、安土城は、三年半にわたるその建設の最初の槌音をあげた。

＊　＊　＊

その頃、伊勢長島ばかりか、越前においても大勢の門徒を虐殺された本願寺は、それでも意気阻喪《そそう》することなく、果敢な抵抗を続けていた。

これに対して信長は、本願寺の周囲にいくつもの砦を築き、包囲態勢を固めるとともに、付近を流れる木津《きづ》川の航行をも軍船で塞いで、兵糧攻めの構えをとった。

孤立の危機に瀕《ひん》した本願寺は、安芸の毛利輝元《てるもと》に保護されていた足利義昭と計り、輝元や、さらに上杉謙信にも来援を強く要請した。

越後（新潟県）を本拠とする上杉謙信は、元来、関東の武田信玄と北条氏を宿敵とし、家康や信長との盟約にも応じてきた。それが、長篠の戦い以後は一転して信長への警戒を強め、本願寺の要請を、無碍《むげ》には断らぬ姿勢を見せた。

片や毛利氏は、独自の戦略上、これまで織田とは友誼《ゆうぎ》を結んできたが、義昭の意向を受けて信長と断交し、本願寺の支援に踏み切った。

瀬戸内を「我らの海」とする、毛利傘下《さんか》の水軍は精強を誇っていた。その大船団が勇躍、木津川河口を警戒する織田方の軍船の前に姿を現わしたのは、安土城建設が始まった年の夏であった。

毛利の軍船は、焙烙《ほうろく》と呼ばれる強力な火薬玉を自在に繰り出し、信長傘下の水軍をさんざんに撃破した。海上の封鎖は破られ、木津川から大量の物資が本願寺に運び込まれて、信長のめざす兵糧攻めは頓挫《とんざ》した。

のみならず、織田軍、毛利に敗るの報は各地に波紋を広げ、これに力を得た義昭は、上杉謙信のみか、武田勝頼にも信長打倒を煽《あお》った。

ここに来て信長はまたも、正面に本願寺、西方に毛利、北方に上杉、東方に武田という、新たな包囲網に立ち向かわねばならなくなった。

――ふむ。なれど、要らぬ節介は無用ぞ、いま一人の、わしとやら。

この局面を打破するには、何としても毛利水軍を撃ち破り、本願寺への兵糧攻めを続行してゆく必要がある。そして、ためにこそ信長の考え出した破天荒《はてんこう》の方策が、敵の火薬玉を跳ね返すべく、船体を鉄板で覆った巨大な軍船の建造であった。

＊　＊　＊

翌天正五年秋、上杉謙信もまた、信長との対決に動いたが、そのおり信長の身辺では、立て続けに、忌々《いまいま》しい事どもが生じていた。

まず、謙信に対抗して越前に据えた柴田勝家のもとへ、羽柴秀吉を助勢に差し向けたところ、勝家と衝突した秀吉が無断で軍勢を引きあげてきた。譜代の重臣として重きをなす勝家と、成り上がり者の秀吉が、反《そ》りの合わぬことはわからぬではなくも、あからさまな軍規違反に信長は激怒した。

さりとて……状況は、秀吉を処断できるようなものではなかった。

松永久秀《ひさひで》――例の、大仏殿を焼いた男で、その後投降して織田の家臣となっていた久秀が、謙信と呼応し、大和の城で反旗を翻したからだ。

信長は、かつて久秀を、初対面の徳川家康に、かく紹介したことがある。

「この老人は、かように見えて、なかなかの者での。なにせ、主君を謀《はか》り、将軍を弑《しい》したばかりか、大仏までを焼きおった。わしも、肖《あやか》りたいものぞ」

信長は、それで久秀を賞したつもりでいたが、揶揄《やゆ》されたと受け止めた久秀は、憮然としたまま黙っていた。

……するうちに、北陸を南下した上杉謙信は、柴田勝家の軍勢を蹴散らし、越前深く攻め入ろうかの勢いを示した。かの、武田信玄とも互角の戦いを繰り広げた「越後の龍」は、噂に違《たが》うことなく、その力強さを見せつけたのだ。

建設中の安土城より、直々の出陣を信長は決意した。だが、冬も迫るなか、兵站《へいたん》に不安を感じてか謙信は軍を引き返し、両雄が決戦に至ることはなかった。

そして、謙信の撤退で、松永久秀の思惑もまた潰《つい》え去った。

信長は、嫡男の信忠に久秀の城を攻めさせ、追い詰められた久秀は、自爆して果てた。その日は奇《く》しくも、十年前に彼が大仏殿を焼いた日と同じであったことから、因果応報を世人は噂した。

翌天正六年（一五七八年）春、再度、信長との決戦に向かわんとした上杉謙信は、出陣を目前にして厠《かわや》で倒れ、そのまま急死を遂げた。

謙信死後の上杉家には、後継をめぐる激しい内紛が生じ、信長にとって恐るべき大名は、ほぼ消滅したといえるであろう。この間、朝廷より、大納言はおろか、右大臣にまで補任されていた信長は、謙信の死を確かめるや、あっさりとその職を返上した。

――もはや、御帝の御陰となるべき、要もなし。

さて、松永の謀反を鎮圧した信長は、毛利攻略に向け、いよいよ本格的な手を打った。すなわち、羽柴秀吉の軍規違反を不問としたうえ、彼に大軍を預け、毛利攻略の先陣として播磨《はりま》（兵庫県南部）へ進発させたのである。

しかるに、播磨最大の土豪、別所《べっしょ》氏が毛利方へ寝返ったため、秀吉の軍勢は思いがけず、この地に長らく釘付けとされた。

＊　　＊　　＊

さらに重大な誤算は、摂津と播磨の国境い、有岡城《ありおか》（兵庫県伊丹市）に据えていた家臣の荒木村重《むらしげ》が、突如として毛利と通じてしまったことだ。

有岡城は、本願寺包囲網の要《かなめ》でもあり、根底より戦略を覆《くつがえ》された信長はやむなく、またも天皇に調停を願い出るとの、苦汁の選択を余儀なくされた。

だが、先に信長が建造を命じた巨大な軍船、すなわち、鉄板で船体を装甲のうえ、大砲までを備えた戦艦七隻が実戦に配備されると、局面は劇的に転換した。

木津川河口に雄姿を現わしたこれら戦艦群は、毛利水軍の放つ焙烙《ほうろく》弾を跳ね返し、その大砲は、敵の軍船を粉砕し尽くした。

――見よ。またも、神風を吹かせてくれたわ。

我が策の的中に信長は満悦し、かくして補給路を再び断たれた本願寺の劣勢は、もはや動かしがたかった。


他方で信長は、謀反した荒木村重を締めつけた。

荒木の有力家臣で、熱烈なキリスト教徒としても知られた、高山右近《うこん》なる者がいる。彼を投降させるべく信長は、フロイスの後任として京にいた宣教師オルガンティノを、右近の説得に向かわせた。

「応じなば、領内の伴天連《バテレン》も、耶蘇《やそ》（キリスト教徒）も、皆殺しぞ」

それまで、信仰の庇護者として信長を見ていた右近やオルガンティノは、そんな言葉に蒼ざめた。そして、苦悩の末に右近が降ったことで、荒木村重の脅威は半減し、水軍の大勝利とも相まって、信長は、先に天皇へ願い出ていた筋を一方的に取り下げた。

＊　＊　＊

明けて天正七年（一五七九年）春、三年半の歳月をかけた安土城は完成に向かい、城下もおおむね、町並みを整えつつあった。

城下の中心をなすのは、真っ直ぐに延びた広い街路で、信長は、街道を往還する商人らに安土での寄宿を義務づけたうえ、町中《まちなか》には以下の掟を施行した。

——従来の「座」は、その特権を認めず、誰しもに任意の営業を許して、かつ、くさぐさの雑税は免除する。他国出身の者といえども、安土で居住するうえには、通商その他に何らの差別を設けてはならぬ。

当時、素性の知れぬ他所者《よそ》を、国内に留めるなどは論外であった。他方で、放火、盗賊、喧嘩口論、押し売り、押し買い等の類が厳に取り締まられた安土は、全国より職人や商人を集め、殷賑《いんしん》を極める場となった。

信長はまた、安土と京を結ぶ、広大で、直線を連ねた道路を建設したが、そこでは関所に代わり、一定の間隔で茶屋が並んだ。治安は十分に保たれたので、人々は、夏場には好んで夜間に旅をした。

武田信玄にせよ上杉謙信にせよ、信長以前の大名には、言語道断の次第であったろう。戦国の世に、道路なるものを、防ぎ守るためでなく、攻め栄えるためのものに変えたのは、実に信長であった。

*　*　*

さて、安土には、キリスト教の修道院も建設されたが……この頃になると信長は、南蛮人や宣教師らに、ある胡散《うさん》臭さを嗅ぎつけていた。

そもそも信長が、南蛮と呼んでいたのはポルトガルを指し、そこには以下の事情があった。日本の戦国時代、西欧諸国のうち、逸《いち》早く東洋や中南米に進出したのが、ポルトガルとイスパニア（スペイン）だったのである。

両国は、互いの紛争を避けるべく、協定を結んだ。その際の仲介者が、当時の西欧では絶対の権威を誇ったカトリック教会で、結果、東洋方面はポルトガル、中南米方面の大半はイスパニアと、それぞれの勢力範囲が取り決められた。

無論、現地民の意向など眼中になく、それらの地は、征服さるべき土地、カトリックの教えで塗り込めらるべき土地と見なされた。

かくして、西欧勢力の手になる、世界規模の侵略は幕を開けた。

中南米では、イスパニアが現地民を武力征服し、カトリックの信仰を押しつけたうえ、奴隷として彼らを酷使し尽くした。

その過程では、宣教師たちが、まさに尖兵の役割を果たしていた。

一方、大人口を抱える東洋において、武力による征服は困難であった。ポルトガルは、現地有力者との間で貿易を展開しつつ、やがてインドから、東南アジアを経て明《みん》国に達し、澳門《マカオ》を活動拠点とした。

……その、澳門のポルトガル商人が、九州南方の種子島で、二丁の鉄砲を日本に伝えたのが、天文《てんぶん》十二年（一五四三年・信長十歳）のことである。

六年後には、宣教師フランシスコ＝ザビエルが、初めて日本で布教したのだが、ザビエルにせよフロイスにせよ、信長の時代に来日した宣教師はすべて、カトリック教会傘下のうちでもポルトガル系列の、イエズス会という組織に属していた。

しかるに……

ポルトガルを凌《しの》ぐ、イスパニアなる国の存在を、フロイスのほかに、堺の商人の情報などから信長は知り得たのだ。かの国の船は、日の本の遙か東方に広がる大洋をも横断し、世界周航を達成したという。

――この世は、丸きとな？　ふむ。……不可思議のことながら、あるやも知れぬ。大下なるものは、西と東で繋《つな》がりおるか。

かつて、フロイスより聞いた知識を、信長は思い返してみるのであった。

のみならず、イスパニアとやらの水軍はまた、近年の海戦で異教の大国（トルコ帝国）を撃破して、今や無敵を謳《うた》われているという。

いや、安土城が建設されている間に、かの国は、ついに東洋へまで触手を延ばし、呂栄《ルソン》（フィリピン）を征服したというではないか。

しかも、南蛮人による世界政策の遂行は、カトリックの布教と、分かちがたく結びついているのであった。

……聞けば、唐土《もろこし》においても高麗《こま》においても、政治《まつりごと》は腐り、民は誅求《ちゅうきゅう》に苦しめられているという。これらの地が、南蛮人の手に落ちるようなことがあっては……日の本もまた、安泰たり得ようか。

天下布武は、急がれねばならず、宣教師らを、いつまでも野放しにはできぬと、信長は強く感じ取っていた。

彼が、安土城天主を今後の居所と定め、森蘭丸を前に、自らを天主と位置づけた日は、そうした情勢の迫る、天正七年（一五七九年）五月十一日であった。

八、天主か、魔王か——冷酷の覇者

森蘭丸は、当惑していた。

新築成った、安土城天主の黄金楼閣「天主の間《ま》」で、彼は、かく宣言する信長の言葉を、確かに聞いた。

『余は、天の意を呈す。日の本の長き擾乱《じょうらん》を終わらしむべく、はたまた、異国の神仏と渡りあうべく、地上の主《あるじ》、すなわち天主たらんとす』

しかも、今後の信長は、「盆山《ぼんさん》」とか称する奇妙な石を、自らの依代《よりしろ》として、家臣らに拝ましめるという。信長のもとを辞してのち、蘭丸は、その盆山が鎮座していた様を思い出しつつ、当惑を深めるばかりであった。

――上様にあられては、いかほど、本心にて仰せであろうか？

その頃、なおも天主の間にあって、信長は含み笑いを浮かべていた。――ふふん、蘭丸めが、眼を白黒とさせておったわ。だが……

わしは、別に血迷うておるわけではない。天主、すなわち、地上の主と言うたまでよ。いわば、御帝が天照《あまてらす》大神の後裔《こうえい》を称し、あの顕如めが、信徒らには生き仏と仰がれおるに同断と、それだけの話に過ぎぬ。

なれど、おのれらの信仰を恃《たの》んで鼻の高き伴天連《バテレン》どもには、創造主《デウス》とやらの向こうを張り、この生身の人間を神として拝ませる悪戯《わるふざ》けもまた、一興ではないか。……

薄闇に包まれた天主の間で、過ぎ去りし日々の事どもに、しばし信長は思いを漂わせた。

……若き時分のわしはといえば、よくぞやあれほどまでに、無体《むたい》の戦さをしでかすことができたるものだ。

塒《ねぐら》に向かう鷺《さぎ》の鳴き音《ね》が、ゆるやかに、安土の空を渡っていった。

嵐の海を、しゃにむに押し渡り切ったこともある。あのおりは、その昔、源義経が嵐の瀬戸を渡海した、屋島の奇襲を気取ったものよ。

斎藤道三亡きあと、弟の信行らとの戦さでも、わしは先頭を駆け、矢玉の中で、自らが鑓《やり》を振るうて戦うた。いや、そうでもせねば、勝ち運などは開けなんだ。

桶狭間もまた、しかり。

あれを、意表に出た戦さとするは、事の鮮やかさに世人の付会《ふかい》した俗説に過ぎぬ。さにあらず、わしは初めより、正面切って進んだのだ。

無論、間諜《かんちょう》どもに義元の動きを探らせはしたが、なれば、どうだと言うか。……詰まるところ、あの突撃のおりに、あの神風にも似た風雨のなかりせば、我が方の勝利もまた、あり得ぬ話であったのだ。

とまれ……それらは、劣勢な手兵しか持てなんだ頃に強いられた、やむなき戦さではあった。以後のわしは、当てにもならぬ僥倖《ぎょうこう》を頼むほどの愚は冒さなんだわ。

それを台無しとしたのが、浅井長政めの寝返りよ。

なれど、あの時、岐阜へ逃れる山中で浴びた銃弾は、紙一重のところで当たらなんだ。狙い撃ったは六角の手の者で、銃の手練《てだれ》であったと聞くが、あの短い間合いでよくも命中せなんだものよ。

本願寺が蜂起したおりも、はなはだ窮したわ。そこで、義昭めを脅しつけ、浅井らとの和睦を御帝に斡旋させたは、我ながらの妙策であったがな。

叡山《えいざん》を焼けば、武田信玄めは書状を寄こして、外道だの仏敵だのと、散々にこのわしを罵りおった。しかり、我こそは、世の虚仮《まやかし》を滅ぼし尽くす魔王なるぞと応じてやったが、奴が病死してくれたは、有り難しとせねばなるまい。

上杉謙信が動いたおりも、厄介となったやもしれぬ。だが、その謙信も、正面よりわしと戦う前に、勝手に病死しおったわ。

……人はわしを、強い星の下《もと》に生まれたと評すであろうか。だが、それら天運を、絶えず味方に引き入れてきたるも、ほかならず、この織田信長なのだ。

いかにも……

天下布武をめざして、有能なればあえて下賤の者をも用い、兵制を改革して強大な常備兵力を蓄え、座や関所を廃し、道路《おうらい》を広げて商工業を興《おこ》し、神社仏閣の政治介入を抑えて権力構造を一本化する——いかに戦国多済の人士といえども、信長以外の誰が、これらを発案し、かつ断行できたといえようか。

しかしながら……

そうした信長が、京に近からず遠からず、尾張の新興大名家に生まれ出たことこそが、もしや、天の配剤であったかとも彼には思える時がある。

この世には、何らか、不可思議の力が働いているやも知れぬとの思いを、さらに信長は深めていた。その源を……「天」と呼ぼうか。

とはいえ、「天」なるものの存在の確証を、彼が得られた例しは、いまだない。信長の成功は、たんに彼自身の、並はずれた意志と努力と才覚と、そこへたまたま、偶然の幸運が重なっただけのものやも知れぬ。

加えて、世の不思議、奇跡とやらを声高に言い立てる輩のおおかたが、ただの虚仮者《まやかし》に過ぎぬとも、つとに信長は知り抜いていた。そうした奇跡譚《たん》を耳にすれば、必ずや、その真実なるか否かを、執拗なまで追求せずんばやまなかった彼の性癖は、これまでに、ことごとくそれらの虚偽を暴《あば》いてきた。

およそ、確証なきものは、信ずるには足りぬ。世に蔓延《はびこ》るもろもろの虚仮《まやかし》など、断じて、許すべきにあらずと彼は確信する。

その一方で、人が、容易には触れ得ぬもの、天道なるものの存在を、否定し去ることも、果たして人にできようか……

この世は、いかなる計らいにて動いているのか？

それをこそ識《し》りたいと、信長は、切に欲することがある。天下布武もさりながら、眼には見えぬ世の摂理をこそ識りたいと、日の本の一統がほぼ見通せたいま、時に信長は思うのであった。


——人の生死《しょうじ》にもまた、そうした理《ことわり》が働きおろうか？　だとせば、その淵源《みなもと》は、生死を超えてあらねばなるまい。左様のごときものは、果たして、在《あ》りや？

もしや……「彼奴《あやつ》」なれば、何事かを知りおろうか？

忘れた頃にしか現われぬが、例の彼奴は、何らか、あの世とやらとも関わりおるかに見える。彼奴が、徒《ただ》に夢か幻でなくば、あの世もまた、夢や幻でなきやも知れぬ。

いや、彼奴は、おのれがわしの影にあらず、わしこそが影だなどともほざいておった。なれば、この世こそが、ひと場の夢に過ぎぬと言うか？

だが……

もはや、陽《ひ》もとっぷりと暮れた。そうした思弁を、あえて信長は打ち切った。長く耽《ふけ》っていようには、こなさねばならぬ仕事が、彼の前には山と積まれているのであった。

＊　＊　＊

ほどなくして、安土城下で、ひとつの事件がもちあがった。

浄土真宗（一向宗）の本願寺と同じく、極楽浄土を信仰する宗派のひとつに、浄土宗がある。一向宗とは違って、一揆に走ることもなく、安土における布教を妨げられることもなかった。

その浄土宗のある僧が、安土城下で辻説法のおり、法華宗徒が問答を仕掛け、両派の間に争論が巻き起ころうとしたのである。噂を聞きつけた信長は、双方が代表たる僧を立て、公の場にて決着を着けよと命令した。

「蘭丸。で、これが浄土と法華の差し出したる口《くち》書きぞ。読んでみい」

信長の口調は、不興気であった。

「何と書きおるか？」

「はは。浄土宗にては、我が方、論に勝たば、法華の者どもを弟子といたしたく、万一にも敗るることあらば、いかようの御仕置きにも服しまするとございます」

「で、そちはどう思う？」

「まずまず、殊勝かと」

「ふむ。……で、法華はどうじゃ？」

「我が方勝たば、浄土の者どもの首を刎《は》ねられたく、万一にも敗ることあらば、そは、我らに掛かる法難、首を刎ねられようとも本望と……」

「で、どうなのじゃ？」

「一見は謙虚かに見え、その実、あたかも、上様に指図をなそうかの傲岸《ごうがん》の文面、無礼と存じまする」

「ふむ。さすがじゃ。法華の者どもの鼻の高さ、ここで挫《くじ》いてやるもよかろうぞ」

……かくして、勝負の判者を信長自らが選び、織田家臣の立ち会いのもとで闘わされた宗論は、法華の側が敗北した。

法華の論者四人は、目付役の蘭丸らにより、その場で袈裟《けさ》を剥《は》がれて、散々の辱《はずかし》めを受けた。

信長は、そもそもこの争論を仕掛けた法華宗徒を斬首させ、法華の側より謝罪の証文を提出させた。さらに、莫大な罰金を科し、いくつかの寺院を供出させたが、そこに、かの本能寺も含まれていた。

＊　　＊　　＊

さて、畿内周縁で、なお信長の武威に靡《なび》かぬ土地のひとつに、丹波《たんば》（京都府～兵庫県）があった。信長は、明智光秀にこの地の攻略を命じたが、山深く、多くの土豪が割拠する丹波の征服は、遅々として進まなかった。

なかでも、激しく抵抗した波多野《はたの》一族に対し、光秀は一計を案じ、養母でもある自分の叔母を、波多野の城へ人質として差し出した。そのうえで、和議の場へ波多野兄弟を誘《おび》き出し、機を見て捕えたのである。

光秀は、兄弟を助命することにより、敵城内との和議を成そうと、信長のもとへ彼らを護送した。

しかるに、信長の態度は意外であった。いや、それが当然と察するべきであったろうが、光秀の報告を聞くと、信長は冷たく言った。

「波多野らを許すと、誰が決めた」

「はは」と、光秀の顔から、さっと血の気が引いた。

「そういうことは、誰が決めるのじゃ？」

「はは。されど……」

「叔母御の命が、かかりおるというか」

「御意。波多野を殺さば、残る敵ども、我が叔母を殺し、最後の一兵まで討ち死にに及ぶは必定……」

「わしは、降《くだ》った者とて、ことごとく殺しはせなんだと、そちも、よくよく承知であろう。だが、そちの言いぐさなれば、降った者は、ことごとく許さねばならぬではないか」

「はは」

信長は、この、光秀の独断先行を認めず、安土城下で波多野兄弟を磔《はりつけ》に処した。ために、人質とされた光秀の叔母も、報復として殺された。

暗澹《あんたん》たる思いの光秀は、ただちに波多野の城を攻め落とし、怒りにまかせて、城内の敵を余さず殺させた。

ほどなく、丹波を制圧した光秀は、信長よりこの地を与えられ、延暦寺を降したおりに築城した近江坂本城のほか、ここ丹波の亀山城（京都府亀岡市）をも居城とした。

＊　＊　＊

同じころ信長は、徳川家へ嫁がせた娘の徳姫より、夫や姑《しゅうとめ》に対する不平を綴った書状を受け取った。

徳姫は二十一歳、夫徳川信康《のぶやす》との間には二人の子供が生まれていたが、ともに女で、世継ぎとはならなかった。

信康の母の築山殿《つきやまどの》は、家康が今川義元の養子時代に娶《めと》らされた正室で、義元の姪である。すなわち、彼女にとって徳姫は、叔父義元の仇の娘であり、両者が睦まじくゆくのは難しかった。

その築山殿が、世継ぎを設けるためと称し、信康に側室を置こうとして、徳姫と信康の間にも亀裂が生じたようである。それを、娘が父に訴えたのだが、武田の縁者を側室の候補としたことが、いたく信長を怒らせた。

この件を、築山殿が武田と結び、信康を唆《そそのか》して織田家打倒をもくろむものと読み取った信長は、たまたま安土へ伺候していた家康の重臣に、言葉鋭く問い詰めた。

「これらは、事実《まこと》か？」

だが、納得のゆく弁明は得られず、

「なれば、事後の始末は、三河殿（家康）に任すと、そう伝えよ」

と、厳しい口調で言い置いた。

さて、早馬で浜松城へもたらされたその一報は、家康を愕然《がくぜん》とさせた。

――信康が？　よもや、あろうか？　しかも、徳姫が、左様のことを告げたというか。

ましてや、事後の始末は、このわしに任すとな？

書状を読むほどに、家康は、奈落に沈む思いとなった。

これまで彼は、信長からのいかなる無道な要求にも、諾々《だくだく》として従ってきた。もし徳川家なかりせば、いかに信長とて、今日の織田家はないであろう。

だが、信長が徳川家を、もはや、無用の存在と見なしているならば……

名指しの嫌疑を受けた以上、信康と築山殿には、何らかの処罰を加えねば収まるまい。

しかも、自らがそれを指示せず、家康に処断を委ねることで信長は、家康をも試すつもりでいるやもしれなかった。

――もしや、罠か？　だとせば……恐ろしき男よ。

家康の背に、冷たいものが奔《はし》った。

彼は、家臣の手でまず築山殿を斬殺させ、次いで信康には、容疑の真相も明らかならぬまま、一言の抗弁をも許さずして切腹を命じた。

断腸の思いながら、信長の猜疑を払わぬことは徳川家の破滅を意味し、盟約の関係とは言うものの、両者の立場はそこまで開いてしまっていた。

一方、信康切腹の報を聞いた信長は、さすがに唸《うな》るばかりであった。

そうまでせよと、彼が命じたわけではない。むしろ徳川が、武田と結んで織田に反旗を翻す方が、ある意味で思う壺でもあったのだが、家康は、あえて嫡男を犠牲とした。

——奴は、並の短慮の男にあらず。ゆめ、油断はならぬ。

ともはあれ……この件で夫を失った徳姫は、それが自らの望んだ結末であったかは別に、娘を連れて織田家へ出戻る次第となった。

＊　＊　＊

この間、毛利勢との戦いを進めていた羽柴秀吉は、備前《びぜん》（岡山県東南部）の有力大名、宇喜多《うきた》氏を寝返らせることに成功した。

戦略上、これは秀吉の大手柄というべきで、報告のため、彼は安土へ参上した。だが、はじめ上機嫌であった信長は、宇喜多の赦免と領地の安堵《あんど》を、秀吉が勝手に請け合ったと知るや、凄まじい怒りを爆発させた。

「猿！　おのれは、いつより、さほどに偉うなった！」

その声は、秀吉を竦《すく》みあがらせ、

「へへえい」と、潰された蛙さながら這《は》いつくばって、彼は申し開きをしようとした。

「畏れながら……」

「ええい、黙れ！　それこそが、宇喜多を降《くだ》す良策とでも言いたいのであろう」

「御意」

「阿呆《あほう》！　それしきのこと、わからぬと思うてか。たわけが！」

賢明にも、秀吉はそこで、抗弁の無用さを悟った。

「ひええ、まことに、まことに、浅はかにてござりました。何とぞ、何とぞ、この阿呆めにお許しを」

「宇喜多の処断は、いずれわしが申しつける。その、猿面《さるづら》も見とうはないわ。早々に立ち去れい」

秀吉は、顔面も蒼白に、恐懼《きょうく》して平伏すると、安土を去り、播磨の戦陣へと引きあげていった。

＊　＊　＊

さて、先に、信長に背いた荒木村重《むらしげ》は、毛利との連絡をとるべく居城の有岡城を出て、密かに別の城へ移った。だが、その間に主人なき有岡城は落城し、村重の妻子や城にいた家臣のすべてが捕虜とされた。

信長は、彼らの助命の条件として村重に投降を勧めたが、村重がこれを拒否したため、まずは家臣とその家族数百人を処刑した。村重の一族三十数人は京まで連行され、洛中を引き廻しのうえ、全員が六条河原で斬首された。

安土城では、二の丸に引き取られていた徳姫が、凄惨を極めた処刑の模様を伝え聞き、激しく父を非難した。

「惨《むご》たらしきことを……」

「村重めが、素直に降《くだ》りおらぬからじゃ」

「そのようなことは、存じませぬ。だからと言うて、なぜ女子供までをも殺さねばならぬのでございまするか」

「女子《おなご》には……いや、誰であろうとも、わしの心が、わかりはするか」

「父上の御心など、わかりとうもありませぬ」

……この処刑には、隠された狙いがあるのだと、いかに徳姫に説いて聞かせたところで、彼女の知ったことではなかったろう。

かねて信長は、正親町《おおぎまち》天皇の譲位を望み、朝廷に迫っていた。天皇は、信長の出陣には進んで戦勝祈願を買って出るなど、ことさらに傀儡《かいらい》めいてふるまう一方、武田信玄や上杉謙信とも独自の立場で通じてきた。その老獪さたるや、侮れぬ。

この頃になると信長は、京の二条に建てた自邸を天皇の長子誠仁《さねひと》親王に献上し、なかば強要して、親王をここに迎えていた。さらには、天皇の御所に対して、この邸を下《しも》御所と呼ばせ、おのれの息のかかる公家たちを下御所の方へ詰めさせた。

しかし、それでもなおかつ、いや、なればこそなおいっそう、正親町天皇が譲位に応じることはなかった。

実のところ、荒木一族をわざわざ京で処刑したのは、そんな天皇に、剥《む》き出しの暴力という威嚇を加えるためでもあった。

——南蛮人らの動きにも鑑《かんが》み、日の本の一統に、もはや愚図ついておる暇《いとま》はないのだ。天魔とも、羅刹とも、呼ばば呼べ。厭《いと》いはせぬわ。

＊　＊　＊

明けて天正八年（一五八〇年）正月、信長のもとへようよう、羽柴秀吉が播磨《はりま》を平定したとの吉報が届いた。

報告のため、安土へ参上した秀吉には、新たなる指令が発せられた。

「こたびは大儀であった、筑前《ちくぜん》（秀吉）」

「へへえ、上様の、大《だい》なる御威光をもちまして……」

と、平伏したまま、得意の追従を一席打《ぶ》とうとした秀吉を遮《さえぎ》り、厳しく釘を刺しおくことを、信長は忘れなかった。

「なれど、たび重なるそちの勝手振る舞い、よもや、忘れてはおるまいの」

「へへえ」

秀吉は、額で畳を擦り切らんばかりに這いつくばった。

「つきては、いま一つの大任を命ず。もはや毛利ごときに猶予せず、早々に筑紫《つくし》（九州）一円を切り取れい」

「心得ましてござりまする」

調子にまかせて応えた秀吉を、じろりと睨んで信長は畳みかけた。

「心得た、だと？」

「して、いかほどの時をかけるつもりじゃ」

「まず、五年もあらば……」

と、恐る恐るながらも、その年限に関して、秀吉は万全の自信を抱いていたのだが……

「遅い。三年でやれい」

「三年……と仰せられまするか？」

「いかにも、三年じゃ。愚図つくは無能の証《あかし》ぞ」

「へへえい」

心中、たらたらと冷や汗を流す秀吉に、信長は有無を言わせなかった。

「そちの大任とは、そののちのことじゃ。筑紫にあって、唐土《もろこし》と高麗《こま》の動きを探るのぞ」

「へ？」

「無論、琉球、高山《こうさん》（台湾）より、澳門《マカオ》、呂栄《ルソン》における南蛮人どもの動きもじゃ」

「へへえ」

「いずれ余は、それらの地に、商《あきな》い船を遣わすであろう。しかれば、事と場合によりて、かの地で、異国と一戦を交える次第になるやもしれぬ。……ふむ。唐土までをも切り取るは、よほど痛快の事ならん」

「へ？」

これを聞き、秀吉は心底、魂消《たまげ》果てた。

「さらに、天竺にまで船を致さば、南蛮人ども、さぞかし泡を吹きおろうか」

愉快気に、にやりと笑うと、信長は念を押した。

「されば筑前、この務め、おさおさ怠り、あるまいぞ！」

「へへえ。筑前、命に代えまして」

秀吉はこのとき初めて、天下一統ののちは、日の本より四海《しかい》を越えて打って出んとの、途方もなき信長の雄図を知らされたのだ。

そもそも、ポルトガル商人が鉄砲を日本へ伝えた意図は、その新兵器が、よい売り物になるともくろんでのことであろう。しかるに、あに図らんや、ほどもなく日本では自前の鉄砲が製造されたばかりか、大量生産にまでも及んでいった。

ポルトガル商人の思惑は、その点で外れはしたが、ただ、火薬の原料となる硝石《しょうせき》が、日本には産しなかった。

硝石は、南蛮船で日本へ運ばれ、それを堺の商人らが争って買いつける。莫大な代金は、国内で豊富に産する銀で主として支払われ、かくして、おびただしい銀をポルトガル商人たちは手中にした。

日本がいかに重視されたかは、ポルトガル国王肝煎《きもい》りの宗教組織であるイエズス会が、その幹部アレッサンドロ＝バリニャーノを、日本へ派遣してきたことからもうかがえよう。バリニャーノとは、のちの世に、「天正遣欧使節」として知られる四人の日本人少年を、初めて西欧へ誘《いざな》っていった人物である。

当時、日本の技術《わざ》は、自然科学と造船・航海術の分野を除き、西欧にも引けをとらなかった。片や、明《みん》国は衰退いちじるしく、日本一統を成し遂げた暁の信長軍団は、東洋最強の存在となったであろう。

信長は、南蛮の優れた知識・技術を摂取しつつ、日本もまた東洋を股にかけた貿易活動に乗り出すことで、ポルトガルによる利益の独占を掣肘《せいちゅう》せんとしたのであった。

＊　＊　＊

同じ年、本願寺法主《ほっす》の顕如《けんにょ》は、朝廷の斡旋を受け入れ、信長との和睦に応じて、石山の地の明け渡しに同意した。事実上の降伏に等しく、ここに足かけ十一年にわたる、凄惨をきわめた石山合戦は終息した。

和睦後の本願寺に対し信長は、その寺地こそ奪ったものの、それまでのあらゆる行きがかりを不問とした。

もともと信長に、仏教を禁圧しようとの意図はなく、延暦寺や本願寺に下した鉄槌《てっつい》は、信仰を圧殺せんがためではなかった。恐れ入った相手が、抵抗を諦《あきら》めさえすれば、すべての事は足りたのである。

いずれ信長は、安土城天主の八角堂へ、主だった仏教宗派の指導者を招くつもりでいた。あの、豪奢な「仏の間《ま》」は、ためにこそ造ったものだ。

そして、奇妙とも見える天主の造りの意味するところは、こうであった。――天主信長には、仏教の教義や信仰を貶《おとし》める意志はない、但し、各寺院はことごとく、天主の庇護のもとに入るべし、と。

さて、本願寺の明け渡しは、一向宗の内部でなお燻《くすぶ》り続けた主戦派の抵抗により、半年ばかりも引き延ばされた。

しかも、引き渡しの直前、不穏な空気の漂う寺内町《じないまち》には、何者が放ったか、各所で火の手が上がった。瞬く間に燃え広がった火は、三日三晩を燃え続け、本願寺の伽藍を含めた石山一帯は焦土と化した。

＊　＊　＊

明けた天正九年（一五八一年）、本能寺の変突発の前年となるこの年のはじめ、信長は、前代未聞の一大催しを企画した。家臣らに各地の名馬を集めさせ、人馬とも、あらん限りに飾り立てて、京へ集結せよと命じたのだ。

これを御馬揃《おうまぞろえ》と称し、毛利攻めの陣中にある羽柴秀吉を除く錚々《そうそう》たる部将が、挙《こぞ》ってこの催しに参加した。無論、そこには、京で行った荒木一族の処刑と同様、兵馬の集結により朝廷を威嚇せんとの狙いがあった。

直前には、イエズス会幹部のバリニャーノが、案内役としたフロイスに伴われて、たまたま京へ昇ってきた。バリニャーノは、信長を京の宿舎に表敬し、その際、西欧では王侯や高僧の乗り物とされるビロードの輿《こし》を献上した。

信長は、この贈り物をことのほか喜ぶ一方、彼らが連れていた黒人奴隷にも並々ならぬ関心を示し、その若い男の譲渡を所望した。バリニャーノはこれに応じ、また、御馬揃の見物を強く求める信長の要望にも応じた。

のちほど、かの黒人の全身を洗わせてみた信長は、その肌の色が天性のものと得心し、以後、好んで彼を身近に侍らせた。

ただ……久々に信長と接見したフロイスは、なまじ昔を知るだけに、この異国の覇者の、余りの変貌ぶりに暗然とした。

さて、洛中洛外の厳重な警固のもと、鳴り物入りで挙行された御馬揃には、当然のことに正親町《おおぎまち》天皇も招待された。

御所の東方に設けられた壮大な馬場で、天皇をはじめ、皇族や公家の歴々、近在からの物見の大群衆は、眼前の出し物に仰天して目を瞠《みは》り、かつは拍手喝采を送った。その中を、思い思いに綺羅《きら》をまとった大名、騎馬衆、弓衆が、これまた華やかに飾られた愛馬を御《ぎょ》して、威風堂々の大行進絵巻を繰り広げる。

わけてもの圧巻は、ひときわあたりを払う、絢爛《けんらん》たる信長の出で立ちであった。煌《きら》びやかな衣装に、唐《から》風の豪奢な頭巾、顔にはきりりと眉墨を引き、襟もとには枝の梅花、腰には造花の牡丹を添えた趣向の数々に、彼の得意のほどが思われた。

信長はまた、バリニャーノより贈られた輿を四人の男に担《かつ》がせ、日の本におけるおのれの威光を南蛮の有力者に見せつけんがため、行進の途中、わざわざ下馬して、悠然とその輿に乗って見せたりもした。

なおも、延々と続いてゆく御馬揃の席上、天皇への謁見をバリニャーノが願い出ると、不興気に、信長は言い放った。

「その要にはあらず。なんとなれば、余が、この国の主であるからだ」

＊　＊　＊

かくして、御馬揃は大盛況のうちに幕を閉じたが……ほどなく、催しの報償として朝廷より下された沙汰は、正親町天皇の譲位ではなかった。

惚《とぼ》けたことには、先に右大臣を返上した信長に、なお不足かと言わんがばかり、左大臣なればどうかと打診が来た。あくまでも、信長を朝廷の下風に立たせておくとの、明確な意志がそこには込められていた。

ただちにこれを拒否し、再度の御馬揃を強行した信長の衣装は、このたび、無言の憤りを表わすがごとく、黒尽《ず》くめであった。

朝廷にとり、もはや信長は、脅威以外の何ものでもなかった。

正親町天皇が、のらくらと言を左右しつつも、譲位の要求には応じぬと見るや、信長は、安土城を載《の》せる安土山の一郭に、摠見寺《そうけんじ》なる寺を建立しはじめた。

その寺には、天主に祀《まつ》られていた「盆山《ぼんさん》」、すなわち信長の依代《よりしろ》が安置され、諸国より、高名な仏像多数が持ち寄られた。仏像を拝むためではない。仏像をして、天主信長を拝ませしむるためにである。

寺の門前には制札が掲げられ、富貴・子宝・長寿・息災・諸願成就など、天主のもたらす数々の現世利益が喧伝《けんでん》されて、町人らには参拝が督励された。

明くる正月、安土城本丸を下々《しもじも》に開放した信長は、天主の前で自らを拝ませ、面白半分に賽銭をとった。あたかも、御帝と、天主信長のいずれに、あらたかなる御利益ありやと問うかのごとく。

信長の「悪戯け《わるふざけ》」は、今や、伴天連《バテレン》たちにばかりでなく、現世に幸いをもたらし得ぬ、御帝や神社仏閣にまでも向けられてきたのであった。

九、本能寺への道

信長が、安土城本丸で賽銭をとった天正十年（一五八二年）正月、本能寺の変の突発までには、五箇月を数えるのみとなっていた。

この月の末、日本での巡察を終えたバリニャーノは、日本人信者少年四人を伴い、九州を発って帰国の途についた。

南蛮においては近々《きんきん》、古代より千数百年にもわたって用いられてきた暦が改正されると、バリニャーノから信長は聞き知った。暦というものは何であれ、長年月のうちには誤差が生じてくるためで、まさにこの年、西欧では新たにグレゴリウス暦（現行の西暦）が制定された。

一方、日本で使われてきた暦は、平安時代、唐より導入された宣明暦《せんみょう》であった。だが、宣明暦はもはや、現実の季節との間に大幅な乖離《かいり》をきたしており、戦国時代の尾張や東国では、駿河の三島大社で作られる私的な暦が用いられた。

言うまでもなく、暦が異なれば、同じ日であれ、数える日付が違ってくる。統一されるべき天下において、はなはだ不都合な話である。

改暦は、改元と同様、朝廷の大権に属していた。しかるに、改暦を司るべき朝廷の陰《おん》陽寮《みょうりょう》は、作暦に必要な能力を持たなかった。

信長は、かかる怠慢が許せず、朝廷に善処を申し入れたが、真摯《しんし》な対応は得られなかった。彼が朝廷に抱く不満の最たるものこそ、正親町《おおぎまち》天皇の譲位問題と、この、改暦問題なのであった。

＊　＊　＊

二月のはじめ、武田勝頼の有力な部将の一人が、織田方へ密かに通じてきた。長篠《ながしの》での惨敗以降、武田氏の内で、人心は勝頼を離れていた。

好機至れりと、間髪を入れず信長は、武田討滅の大軍を起こした。

主な陣立ては、織田信忠が美濃から信濃・甲斐へ、徳川家康が遠江から駿河へ攻め入ることとし、最後に信長が、総大将として直々に安土を進発する。

二月のなかば、まず信忠が、岐阜城より先陣を切った。

その大軍が信濃へ押し入るや、かつて、あれほどの精強ぶりと固い結束を誇った武田勢は、大半が戦意を喪失していった。家康もまた、巧みに寝返りを誘って、やすやすと駿河を制圧した。

ちょうど、そうしたおりである。安土では、夜半に東方の空が明るみはじめ、ついには安土城の上空が朱《あけ》に染まるという、異様な現象が見られた。だが、

「これぞ、武田滅亡の瑞祥《ずいしょう》よ」

と、安土城より、おもむろに信長が出陣したのは、三月初旬のことである。すでに信忠は、武田勢のうち、唯一激しい抵抗を見せた信濃の高遠《たかとお》城を落とし、甲斐にまで討ち入る勢いにあった。

成り行きを見守っていた朝廷は、この、余りにも急激に織田の勝利へと傾きゆく情勢に慌て、急ぎ祝勝の勅使を仕立てて信長のあとを追わせた。

……かつて武田信玄は、城郭らしきものをあえて造らず、日頃は、府中《ふちゅう》（甲府市）の館で執務するのを誇りとした。

それほど、強勢の武田は国内外の敵を寄せつけなかったのだが、長篠の敗北以後は防備の強化が急務となり、府中近辺で新たに城が築かれた。

しかるに……崩壊してゆく武田軍の様は見る影もなく、その城すら捨てて撤退した勝頼は、頼ろうとした家臣に寝返りの銃弾を撃ちかけられた。

進退きわまった勝頼の最期は、妻子や従者との逃避行の末、追い詰められて皆が自害するとの惨めさであった。源氏の血を引く武門として、長らく音に聞こえた武田氏は、勝頼以下、ここに一族滅亡した。

美濃から、信濃に入ったところで、信長は、勝頼の首級を検分した。それが終わると、武田の旧領は、信長の家臣や徳川家康に分配された。

これまでの経緯からして、家康が駿河を得たのは妥当であろう。苦節の末、彼は三河・遠江・駿河の三国を領有したが、さらなる強大化は決して信長の望まぬところと、そこは家康もわきまえている。

武田の将のうち、早期の投降を拒否した者の処断は過酷を極め、また、勝頼の首はのちほど、妻子ともども京で晒《さら》された。桶狭間の戦いのおり、今川義元の首級を鄭重に弔った信長の姿は、二十余年の歳月を経て、今や、無い。

領地の分配を済ませた信長は、後継者と定めた信忠《のぶただ》に事後の処理を託し、悠々と富士を物見《ものみ》しつつ、家康領の東海道筋を引きあげた。その機嫌を損ねぬよう、道中のそこかしこで、至れり尽くせりの接待に家康が心を砕いたことは言うまでもない。

＊　＊　＊

かくして……信長が安土へ凱旋した四月の下旬、はなはだ魁偉《かいい》にして長く尾を引く彗星が、突如、安土の夜空に出現した。

長旅を終え、久々に安眠ができようはずのその夜は、妙に寝苦しく、天主の寝所で夜半に目覚めた信長は、我が身を包む異様の気配を感じていた。

ただならぬ妖気と言おうか……鼻を衝《つ》く腐臭の漂う闇のうちから、何ものか、得体の知れぬものどもが伸《の》し掛かってくるやに思え、跳び起きようにも、彼の総身《そうみ》は我が意のままにならなかった。

——うぬ！　何奴《なにやつ》。この身を押さえつけおるは、何奴ぞ！

そう、喚《よ》ばわろうにも声も出ず、するうちに、ぎりぎりと五体を締めつけてくる奇怪な力は、喉元にまでも及んできた。

脂汗とともに異変を堪《こら》える信長が、これでは死ぬと切羽《せっぱ》詰まったその時のこと、胸中で、不意に響いた声がある。

「そは、怨霊どもぞ。気合いにて、祓《はら》うべし」

との、声の主は紛れもなく、いま一人の信長であった。

その刹那、

——怨霊だと？　……おのれ、亡者の分際が、この織田信長に障《さわ》らんとするか！

と、凄まじい憤怒が、彼の心中で炸裂した。

「下がりおろう！」

渾身の気力で頭上めがけて大喝すると、余りもの気魄《きはく》に押されたか、瞬時にして、彼の身を搦《から》めていた呪縛は解けた。

……信長は、あたりの気配を窺《うかが》いつつ上体を起こしてみたが、もはや別段のこともない。立ち込めていたかに思えた悪臭もまた、泡沫《うたかた》のごとく消えていた。

深夜の大声に驚き、駆けつけた宿直《とのい》の小姓が、

「上様、いかがなされましたか！」と、寝所の外より伺いを立てた「もしや、曲者《くせもの》にてあられましょうや？」

「いや、何もない。……務め、大儀である。下がるがよい」

そう言って、小姓を去らせた信長は、枕元の大刀を鷲掴みにして立ち上がり、白刃を引き抜くや、袈裟《けさ》懸けにあたりの闇を切り払った。

ひと息をつき、夜具の上にて胡座《あぐら》をかくと、

「ふむ。何奴かは知らねど、亡者ばら。……その方《ほう》らに、いかなる志はありや。かく、怪しげの術《すべ》にて、いかに天下を支えんとはするぞ」

と、眼光鋭く、寝所の闇を睨み据えた。

――それにつけても、久方ぶりに、「彼奴《あやつ》」のお出ましか。

信長は、太刀を帯びたまま横になり、明け方になってようよう、再びの眠りに就いた。

果たして……夢にはやはり、いま一人の信長が現われた。

このたび、彼《か》の姿は、容貌《かたち》も定かならぬほどに眩《まばゆ》かったが、相手が何者であるか、信長には直観できた。

「あれが、怨霊どもの仕業《しわざ》とは、まことか？」

信長は問いかけ、

「いかにも」と、いま一人の信長は応じた「そちを恨み、憎む者の数なれば、浜の砂子《すなご》にまさろうぞ」

違いはないわ——と、妙に納得しつつ、重ねて信長は問うた。

「ふん。なれば、怨霊どもは、また来おるか？」

「もはや、来ぬ」

「何ゆえ、それがわかる？　そも、そちは怨霊どもと、いかに違うのだ？」

「わしこそは、そちの命。亡者の類などとは、笑止千万。そちに群がるところの、呪詛《じゅそ》も怨念も、これすべて、わしが抑えてきたるのよ」

「なれば、こたびは、どうしたのだ？」

——その問いを、いま一人の信長は、待っていたかに見えた。

「こたびは、それら怨念の何たるかを垣間《かいま》見させ、合わせて、わしの力を教えんがため。なれど、さすがはそちにて、自力で祓《はら》いたるは見事よ」

「わしを、試したと言うか?」

「その昔、そちの苦難を糧《かて》に、わしは力を増し来たった。なれど、いつしか、わしの闘うべきは、もはや他者《ひと》にはあらずして、そち自らの心の裡《うち》と変じていったのだ」

「何のことだ?」

「そちの放つ、そは、鋼《はがね》のごとき強き意志《こころざし》、転じては、極まれる悪の想《おも》いと、そちの心中にて、わしは日夜闘い来たり、輝きを彌《いや》増しに増して、かくは変化《へんげ》を遂げたのぞ」

信長は問うた。

「して、それが、どうしたと言うのだ」

すると、即座に、いま一人の信長は応じた。

「されば、この世にもはや、長き用もなし。あとは、親様の御配慮《はからい》に委ねん」

……そこで信長は目覚め、夢は、唐突に途絶えたのであった。

以後も、なお数日にわたり、安土の夜空で不気味の光芒を放ち続ける帚星《ほうきぼし》に、人々は、凶変の予兆を噂した。本能寺の変は、一箇月余りののちに迫っていた。

さて、信長の底意《そこい》に憶測の飛び交うなか、朝廷からは、安土へ勅使が遣わされた。その用向きを信長が蘭丸に問わせると、武田を討ち果たしたこの上は、是非にも征夷大将軍に任官されるべく、返事を伺いたいという。

「ふむ」と、言ったなり、黙り込んだ信長は不快気であった。

今さら、幕府を開くか否かなどに、何の意味があろう。朝廷には、決断をすべき、より喫緊《きっきん》の事柄があるのだ。正親町天皇の譲位と、改暦と。それに応えぬ限り、将軍任官など、返答にも値せぬ。

「会わぬ、と伝えよ」

かくして勅使は、信長との面会すらも果たせぬまま、むなしく京へ戻った。

＊　＊　＊

信長の関心は、もはや、今後の戦略に移っていた。

羽柴秀吉は、すでに備中《びっちゅう》高松（岡山市）にまで兵を進めて、毛利側が拠点とする高松城の攻略にかかっている。東国が安泰となった今、次の標的は四国であるが、その大将に、二十五歳の三男、織田信孝《のぶたか》の起用を信長は考えた。

長男の信忠《のぶただ》や次男の信雄《のぶかつ》が、正室に等しかった吉乃の子であるのに対し、側室を母とする信孝は、何かと低い扱いを受けてきた。このあたりで信孝にも、四国攻めの大将という、華やかな出番を与えてやらずばなるまい。

ただ、信孝の手腕となると、まったくの未知というほかはなく、経験豊かな家臣のうちの、誰をその補佐に据えるかが次の課題となった。

これまでの経緯よりすれば、それは当然のことに、明智光秀の役目となろうが……

もともと阿波（徳島県）は、信長の旧敵、三好三人衆の本拠である。

そこで、過去に信長は、土佐（高知県）の長宗我部《ちょうそかべ》氏と誼《よしみ》を結んだのだが、両者を取り持ち、骨を折ってきたのが明智光秀であった。

やがて、三人衆の勢力が雲散すると、信長は羽柴秀吉の推挙を容れ、三好一族のうち、臣従した三好康長《やすなが》に阿波を与えた。ところがここに、長宗我部が、四国全土を制圧しようかの勢いとなってきたのである。

三好と長宗我部の対立は、秀吉と光秀の確執となった。そして、今や長宗我部の強大化を嫌った信長は、その圧伏へと傾いてゆき、光秀は面目を失った。

しかし、大名間の友好が崩れた際は、通例、それまで友好の維持に携わってきた者が、一転して攻撃の先陣に指名される。光秀は私情を殺し、いずれ長宗我部を征伐することで、失った面目は取り戻せようと考えていた。

このたび、四国攻めの大将には、信孝が選ばれる模様である。なれば、補佐役は、当然のことに自分となろう。しかるに……

その役を命ぜられたのは、光秀ではなく、譜代の重臣、丹羽長秀《にわながひで》であった。熟慮の末にこの断を下した信長は、光秀にはとりあえず、かねて安土への招待を決めていた徳川家康ら一行の接待役を命じた。

心労多くして報いの少ない、思いもよらぬ役まわりに、光秀はしばし茫然とした。

＊　＊　＊

五月十一日、天主たることを信長が宣言した日より、三年を経て、彼の四十九歳の生誕の日がまた巡ってきた。信長はこの日、安土城下を挙げて、賑々《にぎにぎ》しく自身の聖誕祭を祝わしめた。

その行事が終わると、四国攻め拝命の礼に安土へ伺候していた信孝は、丹羽長秀を伴い、意気揚々と住吉《すみよし》（大阪市住吉区）へ向け出陣した。住吉の津には、海を渡って阿波へ土佐へと殺到すべく、続々と、大艦隊が集結を始めていた。

数日後、甲斐での戦後処理を済ませて岐阜城へ戻った信忠が、父に挨拶のため、安土へ出向いてきた。

さらに翌日には、三十人ほどの家臣を連れたばかりの軽装で、家康ら一行が安土に到着し、手筈通り、明智光秀から饗応を受けた。


その、接待のさなかのことだ。備中で、高松城の攻略にあたっていた羽柴秀吉より、事態の急迫を告げる書状が安土へもたらされた。毛利勢が、いよいよ総力を挙げ、毛利輝元自らが全軍を率いて、高松城救援のため接近中という。

これを逆に、毛利討滅の機と見た信長は、直々の出陣を決意した。

そのため、家康ら一行には急遽、京や堺への遊覧を勧め、光秀には接待の任を解いて、丹波の亀山城（京都府亀岡市）で兵を揃えたうえ、信長の先陣として秀吉の救援に向かうべく指令した。


一方、その裏では、別の思惑も動いていた。安土へは、極秘のうちに、重ねての勅使が遣わされ、正親町《おおぎまち》天皇の譲位が仄《ほの》めかされたのであった。

ただ、かかる大事には、まつわる案件もいささかあり、つきては、多忙を押しても京へ昇られたしというのだが、耳寄りの話と信長には思えた。案件とやらを、聞くだけ聞いておくのも悪くはなかろう。

ところで、彼が都へおもむくとなれば、前年の、御馬揃《おうまぞろえ》以来のことである。あれほどの威嚇にも、飄々《ひょうひょう》としていた正親町天皇との交渉に当たっては、このうえ、事を荒立てぬが得策と信長は判断した。

かくして、女房衆を交えたわずかな近習のみを引き連れ、信長が京の本能寺に着いたのは五月末日、入れ替わるように、京の遊覧を終えた家康ら一行は、次の目的地である堺へと向かった。

信長の上洛に先だっては、まず信忠が、二千の手勢を率いて京へ入った。万がひとつに、近辺で一揆が蜂起しようと、数日は持ちこたえられよう。

そうなれば、救援に駆けつけてくる者どもは少なくない。加えて、本能寺の向かいには、京の警固と施政にあたる所司代《しょしだい》の私邸があり、ましてや住吉には、四国渡海を待つ信孝の軍勢が犇《ひし》めいているのであった。……

十、天の配慮《はからい》

本能寺は、京のほぼ中央近く位置する法華宗の寺院で、浄土宗との宗論に法華宗が敗れたあと、信長に接収された。先に、二条の自邸を誠仁《さねひと》親王に献上した信長は、この寺に改造を加え、ここを京での御座所《ござしょ》としていた。

周囲には堀と土塁が巡らされ、頑丈な木戸で防備を固めてある。とはいえ、信長の身辺を護る者は、森蘭丸ほか忠義心厚く精強ながらも、手薄であった。


翌六月一日、信長は、親しい公家、政商、茶人らを本能寺へ招き、内々に茶会を催した。その場では、安土より持参した茶器が客人に披露されたが、なかでも出色《しゅっしょく》は、かつて松永久秀に献上させた、九十九茄子《つくもなす》と呼ばれる茶筒であろうか。

信長は、久秀の所持する、平蜘蛛《ひらくも》の釜なる逸品をも、我がものにしたいと思っていた。しかるに、久秀を滅ぼしたおり、城と釜とを差し出さば助命するとの申し出を撥《は》ねつけ、茶釜もろとも彼は自爆した。

――あの老いぼれが、我が白髪《しらが》首と、平蜘蛛だけは渡さぬと、くたばる間際にほざいたそうな。……まあ、奴も、いっぱしの武人《もののふ》ではあったわ。

久秀の最期の様を、当の久秀を攻め立てた信忠から聞かされて、信長は苦笑したものだ。

その信忠は、信長を警固するため、本能寺よりそう遠からぬ妙覚寺《みょうかくじ》を本陣として、この日、父親のもとを訪ねてきた。

夕刻となり、本能寺では茶会に続いて酒宴が催される頃、七里ばかりの道のりを隔てた亀山城では、明智光秀の軍勢一万余が出陣の準備を終えていた。出発は夜更けで、夜通しの行軍となろう。行く先は……摂津を経て、山陽道のはずである。


……酒宴も果て、来客らを退出させた信長は、人払いをして、居残った信忠と、久々に水入らずの歓談を交わした。

「御帝《みかど》も、ようよう、譲位と改暦に応じるようじゃ」

「それは、祝着にございまするな」

「ふむ。明日は御所へおもむくゆえ、何らか沙汰があろう」

さて――

その夜、信長が嫡男に明かした遠大な構想は、概略、以下のごとくであった。

まず、この国の内においては、すでに北陸へ柴田勝家を据え、上杉に対抗させてある。柴田の軍勢は、上杉を降してのちは、さらに奥羽より、果ては蝦夷《えぞ》地（北海道）にまでも差し向けられよう。

一方、関東ではこのたび、羽柴秀吉や明智光秀にも劣らぬ、切れ者の滝川一益《かずます》を甲斐へ配して、相模《さがみ》（神奈川県）に拠る北条への睨みを利かすこととした。

では、東海であるが、

「そちは、あの家康を何と見る？」

「これは、見かけによらぬ狸《たぬき》かと……」

「ふむ」と、信長は、息子の応えに一応は満足した。

家康の態度はこのところ、信長や信忠に対して頓《とみ》に卑屈の度を加え、時には愚者を装うことすらもある。だが、

「食えぬは、あの三河狸よ。気を許してはならぬが、なまじの野心なくして、おとなしく従いおれば、いま通り、東海を任すもやむを得まい」

そして、より肝要なのは西国であった。

近々《きんきん》のうち石山の地には、焼けた本願寺に代わり、安土城をも凌ぐ壮大な城郭を構えることとなろう。さらにその延長にあって、羽柴秀吉にはすでに、筑紫までをも制してのち、異国の動きを探るべく命じてある。

とはいえ、いかに目端の利く秀吉といえども、高麗唐土《こまもろこし》より南蛮までの諜報を、一手にするのは難しかろう。

「猿のほかに、この役を当つるは……」

と、そこで、ひと息をおいた信長は、意外の者を名指しした。

「日向《ひゅうが》（明智光秀）を措《お》いて、ほかにない」

「ははあ、日向守《かみ》にありまするか？　なれば、ためにこそ、四国攻めより外したと……」

「そうじゃ」

信忠は、自身にも腑《ふ》に落ちることのなかった光秀への処遇を、それで得心した。

信長の遠謀とは——さしあたり、四国に三男織田信孝《のぶたか》と丹羽《にわ》長秀を、筑紫へは羽柴秀吉を、山陰山陽へは明智光秀を据える。

いや、光秀には、周防《すおう》（山口県）より、豊後《ぶんご》水道をまたいで、大隅《おおすみ》・薩摩《さつま》（鹿児島県）にまで進出させ、秀吉と、その後の功を競わせようというのだ。

ただ、そうした深慮を、いまだ光秀には語ったことがない。秀吉と違い、堅物《かたぶつ》の光秀が、信長の意図の全貌をいま知ったならば、洒落《しゃら》くさくも無茶の無謀のと、ひとくさり講釈を垂れたがろうに決まっていた。

秀吉に命じた、筑紫切り取りの刻限は、半年余りに迫っている。だが、ここで信長自らが出陣するうえは、武田同様、毛利の崩壊も眼に見えた。

そして、毛利が落ちれば、筑紫の落ちる日も、遠くはなかろう。光秀を黙らせるには、その、圧倒的な勢いを見せつけてからでも遅くはない。

信長は、すでに明国《みん》への出兵を、現実の射程のうちに捉《とら》えていた。

天下布武の構想は、東洋へ寄せ来る南蛮人に対抗すべく、この地に一大帝国を樹立せんとの、壮大な野望にまでも膨らんでいた。――そう、かつて、かの、蒙古《もうこ》の為し得たるがごとく。

その帝国に君臨する者、さこそは天主なりと、かねて信忠は聞かされてきた。父が語る壮図の逐一《ちくいち》に、心底より、信忠は感嘆したのだが、

「して……そののちじゃ。かく、天主と成りたるのち、そちなれば、いかに天下を仕置きするや？」

そう、問われた信忠は、明らかな動揺を見せた。

「ははあ、異国のことなれば……」

「ふむ。いまだ、そこまでは、と言うか」

――父の一言に、信忠の顔は強張《こわ》った。肝要なるこそ、そこではないかと突き込まれ、怠慢ぞとの、きつい叱責も覚悟をしてのことである。

しかるに、このたび信長はただ、

「さも、あるか」

と、珍しく、心にもない言葉で場を濁した。

信忠は、父信長と、母吉乃との、双方の面影をその風貌に宿している。決して、無能な

わけでもない。

だが、そんな嫡男にも、信長は落胆を覚える時がある。我が子にあらねば、ひとかどの大名くらいは務まるであろうと、褒《ほ》めてやりたいところであるが……如何《いかん》せん、それ以上を望めるほどの器でない。

やや、間をおくと、信長は言った。

「もう、夜も遅い。そちも、そろそろ、下がるがよかろう」

すでに子《ね》の刻（午前零時）をまわり、時は六月二日に移っていよう頃である。

父に暇《いとま》を告げた信忠は、騎馬で従う十数人の供を引き連れ、門を出て、静まり返る京の街路を、おのが宿舎の妙覚寺へと去っていった。

まさに新月で、あたりの闇は、墨を流したがごとくに濃い。

その、同じ闇の中を、亀山城から発った明智光秀の軍勢が進んでいた。途中の岐路を、摂津方面へ向かうべく南下せず、粛々と、東へ、京へと向かっていく。

＊　＊　＊

……床についた信長は、久々に、亡き吉乃を思った。

彼女が他界してより十六年、あの世とやらが、もしやあらば、再び見《まみ》えることも能《あた》うであろうか？

そういえば、幼い頃に母代わりを務めてくれた池田の乳母は、いまだ存命中で、安土城二の丸に引き取ってある。願わくば、さらに長生きをさせたきものだ。

思えば、吉乃の死と、あたかも引換えのごとく沸き上がった、天下布武の大望——その大望と、吉乃の一命と、いずれに価値《あたい》はあるであろう？

また一方で、天下布武は所詮、おのれ一代きりの事業かとも信長は思う。信忠の器量では、いずれ、自分が成し遂げるであろう天下までは、到底のところ持ちゆけまい。ましていわんや、信雄《のぶかつ》や、信孝《のぶたか》に。

諸行無常と、坊主ども、さぞかし言い立ておろうか？

天主たるは、畢竟《ひっきょう》、わし一代の大望か。いや……そもそも「天」なるもの、この世に、何らか不可思議の力を働かしおるものは、在りや、無きや？

永久《とこしえ》にして不変なるもの、真実《まこと》なるものは、果たして、無きか？

……知らぬまに眠りに落ちた信長は、かねて、見覚えのある景色の裡《うち》にいた。そこは、薫風《くんぷう》が香り、咲き誇る花々の間を白い蝶の飛び交う、広い広い野辺であった。

天を仰ぐと、頭上では巨大な日輪《にちりん》が、煌々《こうこう》と、その輝きを増していった。降り注ぐ眩《まばゆ》い光が、あたかも人の声音《こわね》のごとく、謐《しず》かに語りかけてきた。

「我が子よ……」

と、そう信長には聞こえてくる。

「何奴《なにやつ》ぞ？」

「我は、親なり」

「異なことを。……さては、またも怪しのものなるか？」

「否《いな》。真実《まこと》を統《す》べる、我は、親なり」

「真実を統べる、とな？」

「然《しか》り。そなたの求むる真実は、我がもとにこそ、あれ」

「して……その親なるものが、わしに何用ぞ」

「そなたに、天下布武の道を示し、陰より護り導き来たるは、全《すべ》てを識《し》りし、我なるぞ」

——思いもよらぬ言葉に、信長は絶句した。

「そなたにありては、もはや、日の本一統への途《みち》をつけたり。なれども、さらに異国一統若《も》し成らば、そなたの去りてしのち、そは、転じて日の本の大なる禍《わざわい》とならん」

「……」

「されば、使命《つとめ》は成り畢《おわ》んぬ。今は早《はや》、そなたの古郷《ふるさと》、親の許《もと》へと参るべし。手筈の万端《すべて》は、我が配慮《はからい》のうちにあり」

＊　＊　＊

……信長は、そこで目覚めて、今し方の夢を振り返るうち、ようやく白みかけてきた、辺《あた》りの喧噪に気がついた。

はじめそれは、供の者どもの喧嘩口論かと思えたが、さにあらず、激しく物を打ち毀《こぼ》つ音や、矢音、銃声までもが響き聞こえてくるではないか。

ただならぬ事態が直感された。

すでに、十重《とえ》二十重《はたえ》と本能寺を囲んだ明智光秀の軍勢が、木戸を突き破り、寺内に押し入っていたのであった。

夜着のまま、寝所の外を窺《うかが》った信長のもとへ、槍を小脇に、息せき切って森蘭丸が駆けつけてきた。

「上様！　一大事にござりまする！」

「何の騒ぎじゃ？」

「謀反にて、ござりまする」

「謀反？　……して、何者の企てぞ？」

「桔梗《ききょう》の旗印なれば、明智が手の者かと……」

具足《ぐそく》をまとう猶予もなかったのであろう、小袖に半袴と普段着姿の蘭丸は、顔面も蒼白に、痛憤の声をあげた。

「明智、とな？」

信長は、瞬時にして、事態の最悪を悟った。

明智の軍勢なれば、その数は万を越える。この寺で到底、防ぎきれようものではない。さりとて、脱出もまた、叶うところにはあるまい。……

ふと、先刻の夢が脳裏を掠《かす》めた。

——ふむ。……かかる運びと、なっておりたか。

そして、これまでいかなる窮地をも、迅速な判断と行動で切り抜けてきた信長が、刹那に覚悟を定めていた。

明智の謀反とは存外ながら、怒りも恨みも、湧いてこぬのが不思議であった。いわんや、謀反の理由など、今さらどうでもよいことだ。

そこへ、小姓や女房衆が、思い思いの得物を手にして駆けつけてきた。

誰しもの顔が、驚愕の事変に引き攣《つ》るなか、

「是非もなし」

と、信長は呟《つぶや》いた。

それから、強い口調に戻って言った。

「今は、これまでのこと。されば、その方らに、最期の忠義を申しつく」

「ははっ」

「奥座敷に、火を放て。この信長の首、断じて、敵に渡してはならぬ」

「はは、必ずや！　蘭丸、忠義の極みにござりまする」

信長の意中を察し、眦《まなじり》を決して蘭丸がそう応じると、女房衆らは啜《すす》り泣いた。

「女子《おなご》らは、苦しからず、早々に罷《まか》り出でよ」

「なれど、上様……」

「光秀の狙うは、余の首のみぞ。女子の命までをも取ろうとはすまい」

だが、いっこうに逃げようとせぬ女房衆らに信長は、

「往《ゆ》けい！　下知《げち》なるぞ」

と、追い立てるがごとく、その場を去らせたのであった。

……するうちにも、剣戟《けんげき》の響きや矢音、銃声、喚《おめ》き叫び合う声は、信長のいる御殿めが

けて迫ってきた。

本能寺のいたる所で、多勢に無勢のうえ、不意を討たれて具足も帯びぬ信長の配下が、絶望的な戦いの中にその身を置いていた。

信長は、弓矢を引っ提《さ》げ、座敷より、庭に向かい合う縁側へ、つつと進み出た。

庭先は、押し入った敵と、主君のもとに馳せつけた番衆らとの間で、入り乱れ、修羅の戦《いく》さ場と化していた。

おもむろに弓を引き絞り、信長が矢を放つ。矢は過《あやま》たず、敵の一人を倒した。

二の矢、三の矢を放つ。

と、絃《つる》は切れた。——ふむ。……べつに足掻《あが》いてもおらぬが、もはや、足掻くなということか。

それでも、戦い抜くこそ、その体中深く刻み込まれた、彼の習い性でもあった。

信長は、なお鎗《やり》を取り、かたわらに寄り添う蘭丸とともに、押し寄せる敵どもを突き伏せるうち、片肘に深い疵《きず》を負った。

奥座敷からは、黒煙とともに、炎が噴き出てくる。小姓に放たせた火が、燃え広がって来たと見える。

「さらばじゃ、蘭丸」

「上様！　これより先、敵ども、一人たりとも通しませぬ！」

返り血に染まり、髪振り乱した蘭丸にほほ笑みかけると、信長は、焔《ほのお》に包まれた奥座敷へと退いた。

囂々《ごうごう》と燃え上がる火中に胡座《あぐら》し、血染めとなった白い夜着の胸と腹をはだけて、右手に短刀を構える信長。

――人間五十年……か。まんざら、悪《わろ》き今生《こんじょう》でもなかったわ。

……気がつけば、傍らには、いま一人の信長が座していて、

「寿《ことほ》ぎぞ、寿ぎなるぞ。わしとそちとは、今ぞ一つとなりて、親様のもとへ参るのぞ」

そう、囁《ささや》きかけてきたようだ。

真一文字に腹を掻き切る激痛と、遠のきゆく意識の裡《うち》で、信長を取り巻く紅蓮《ぐれん》の業火《ごうか》は、その輝きを増してゆくのであった。

豪奢《ごうしゃ》な虹色から、清浄な白銀の煌《きら》めきへ、そして、金波銀波が果てしもなく綾《あや》をなす、懐かしさ極まりなき、絢爛豊饒《けんらんほうじょう》の、光の坩堝《るつぼ》の世界へと……

十一、後日譚

さて、本能寺の変に斃《たお》れたのは、信長ばかりではなかった。

嫡男の信忠までもが討たれたことは、織田家には、取り返しのつかぬ不運となるが……それもまた、深い配慮《はからい》のうちであったろうか。


妙覚寺にいた信忠は、変を知り、手勢を率いて本能寺へ駆けつけようとした。しかし、圧倒的な明智の軍勢に阻まれ、より防備の固い二条邸へと退いた。かねて、信長が誠仁《さねひと》親王に献上していた邸である。

親王を避難させると、信忠はここで明智の軍勢を迎え撃ち、父と同様に自害を遂げた。


一方、住吉の津には、四国征伐に向かわんとする信孝《のぶたか》の軍勢がいたが、まさに出撃の日の未明に突発した変により、その企ては消し飛んだ。

そして、信孝が手を拱《こまね》く間に、毛利と和睦して備中から兵を返した羽柴秀吉が、明智光秀を打ち破って声望を高めた。

この間、いったんは明智方が占領した安土城も、織田方の手に取り戻された。しかるに、光秀ですら、焼くには惜しいと讃えたこの城は、何者かの放った火により、天主もろとも灰燼《かいじん》に帰したのである。

異母兄弟の信雄《のぶかつ》と信孝は、織田家の後継をめぐって啀《いが》み合った。

付け込んだ秀吉が、後継候補に推したのは、信忠の遺児とはいえ、わずか三歳の三法師《さんほうし》であった。まんまとおのれの思惑を通した秀吉は、三法師を織田の家督とし、その後見人に納まった。

秀吉が、逸《いち》早く京や安土を押さえたのに対し、信雄に与えられたのは、それまでの伊勢に加えて尾張のみ、片や信孝には、美濃と岐阜城のみとなった。

＊　　＊　　＊

そうした秀吉の動きに、織田家乗っ取りの野心を嗅ぎとった信孝は、信頼をおく重臣、柴田勝家に叔母（信長の妹・お市）を娶《めあわ》せ、秀吉と対抗した。

三十路《みそじ》なかばでお市は、かつて浅井長政との間にもうけた三人の娘を連れ、すでに老境にある、越前の柴田勝家のもとへ嫁いでいった。

ほどなく、雪深い越前の勝家が軍勢を動かせぬ時候をねらい、突如として秀吉は、岐阜城の信孝を攻め立てた。あらかじめ、信雄を抱き込んだ秀吉は、この強引な岐阜城攻めに、それが織田家の総意であるとの、抜け目ない名分を取りつけていた。

孤立させられた信孝は、秀吉に降り、臣下であるはずのこの男へ、人質として母と娘を差し出す屈辱を味わった。

そして、柴田勝家の武力を頼んで信孝が再挙したとき、秀吉は、人質のその二人、ほかでもない、信長の側室と孫娘とを磔《はりつけ》に処した。

しかし頼みの勝家は、秀吉の前に、無惨にも敗れ去った。追い詰められた越前の城で、お市は三人の娘を、またも敵方である秀吉に託したあと、このたびこそはおのれの望みを通し、夫の勝家とともに自害した。

勝家の敗北で、やむなく秀吉に降《くだ》った信孝は、思いもよろうか、秀吉から切腹を命ぜられたのであった。

とはいえ、より愚かしかったのは信雄《のぶかつ》であろう。

柴田勝家を滅ぼした秀吉が、石山の地に巨大な大坂（大阪）城を築きはじめて、信雄はようよう、秀吉に利用されたことを悟った。秀吉の大坂城は、所詮は信長の模倣であったが、慌てた信雄は徳川家康を頼みとした。

本能寺の変のおり、堺を遊覧していた家康は、わずかな供と山中を踏破して明智勢の手を逃れ、辛《から》くも三河へ戻り着いた。その後の彼は、この機に乗じて甲斐と信濃を押し取り、情勢を見守り続けていたのである。

家康は、信雄を奉じて秀吉と戦った。しかし、信雄の拙劣な対応により、二人ともども、今や天下人となりゆく秀吉の軍門に降《くだ》った。

信雄はのち、主従が逆転した秀吉の勘気《かんき》を買って、大名の地位を奪われ、追放された。

＊　＊　＊

信長の後継者となった孫の三法師は、秀吉の後見のもと、のち元服して織田秀信《ひでのぶ》と名乗った。無論、すでに天下人は秀吉であり、秀信はその家臣として、祖父や父に縁《ゆかり》の岐阜城と美濃を与えられた。

だが、秀吉の死後、関ヶ原の戦いの前哨戦で岐阜城に籠もった秀信は、徳川方の攻撃の前に降伏し、家康により追放された。

＊　＊　＊

この間、秀吉の企てた明国征服の野望と、それにともなう朝鮮王国への出兵は、朝鮮の国土を荒廃させたあげく、惨憺たる失敗に終わり、豊臣政権の瓦解《がかい》を早めた。

……すべては、信長の関《あずか》り知らぬところである。

女房衆を除けば、本能寺で生き残った唯一の男は、信長がバリニャーノから譲り受けた、かの黒人のみであった。

もとより、逃げようとした者はなく、逆に、凶変を聞いて本能寺へ駆けつけ、敵中で、あえて討ち死にを遂げた者もいた。

本能寺は、天に沖《ちゅう》して燃え上がり、崩れ落ちたが、明智勢の懸命の探索にもかかわらず、おびただしい瓦礫《がれき》の下より、信長の遺骸が見つかることは、ついになかった。

（了）

主要参考文献

『信長公記』太田牛一　桑田忠親校注　新人物往来社
『武功夜話』前野家文書　吉田蒼生雄全訳　新人物往来社
『日本史』ルイス＝フロイス　松田毅一・川崎桃太訳　中央公論社
『信長の夢「安土城」発掘』ＮＨＫスペシャル「安土城」プロジェクト　日本放送出版協会

著者プロフィール

石垣 善朗（いしがき よしあき）

元高等学校教員（地理歴史科）。1949年和歌山県生まれ。横浜市立大学文理学部文科（社会学専攻）卒業。大阪府立高校から和歌山県立高校教諭を経て、2006年退職。執筆活動に入る。
著書：『朧と地蔵崎』（2007年　晃洋書房）

信長の昇天 —異聞・本能寺の変

2018年12月15日　初版第1刷発行

著　者　石垣 善朗
発行者　瓜谷 綱延
発行所　株式会社文芸社
〒160-0022 東京都新宿区新宿1－10－1
電話 03-5369-3060（代表）
03-5369-2299（販売）

印刷所　株式会社フクイン

ISBN978-4-286-20055-2